LE PROCÈS DE LA CHAIR

DAVID HAZIZA

LE PROCÈS DE LA CHAIR

Essai contre les nouveaux puritains

BERNARD GRASSET
PARIS

Couverture : Botticelli, *Naissance de Vénus*, détail.
© Lessing / Akg-images.

ISBN 978-2-246-82944-7

Pour Suzanne

« Nous ne pouvons mépriser la violence, nous ne pouvons nous rire de l'accalmie. »

Georges Bataille, *Les Larmes d'Éros*

Peinte en 1495 et exposée aux Offices de Florence, la *Calomnie* de Botticelli figure un homme jeté à terre, presque nu, au milieu d'une galerie peuplée d'énigmatiques sculptures d'or et de marbre. Malgré les ouvertures dessinées dans le fond, une indescriptible impression d'enfermement m'étreint à chaque fois que je contemple ce tableau : peut-être s'accroît-elle du fait que l'une des trois matrones traînant l'homme par les cheveux tient, quoiqu'il fasse jour, une torche allumée. Ces femmes sont les images de la Fraude, de la Ruse et du Ragot. Elles sont guidées par le Ressentiment, sorte de moine errant en tenue de bure dépenaillée, les ongles des pieds longs comme des griffes. Le regard flamboyant, il lève le bras en direction du roi et juge, assis à droite, devant lequel le calomnié est conduit si brutalement. Nue elle aussi, en larmes, la Vérité – Vénus décharnée – proteste et implore à l'autre bout du tableau, tout à gauche. À côté d'elle, une vieille se dissimule à moitié sous un voile de deuil, la scrutant avec hargne. Les oreilles du roi, qu'obsèdent les caresses de deux intrigantes, l'Ignorance et le Soupçon, sont celles d'un âne. Elles manifestent cette *chienne sensualité* qui, paradoxalement, le fera mettre son semblable et frère au bûcher, préférant, aux appels de la déesse malade, les murmures de ses conseillères et les imprécations des autres, du fanatique, de ses trois compagnes et de la vieille.

Cinq siècles ont passé, et chacun croit plus que jamais, procureur et juré, échapper à sa propre chair par son zèle à la condamner. La chair dont on jouit et celle que l'on mange, celle qu'on tient de ses aïeux et que l'on transmet à ses enfants, est en effet à nouveau au banc des accusés.

Nos sens sont bridés, et l'animal que nous sommes, soumis à un dressage dont la fin n'est plus de dompter le désir mais de l'*annuler*. Le monde confiné dans lequel nous vivons désormais n'est pas seulement triste ou claustrophobique : il est surtout insipide. Pourtant, notre nature sauvage se rebiffe et le sang jaillit parfois à nouveau dans la cité pour transformer les pavés en îlots. Le présent livre, en explorant la fadeur contemporaine, raconte donc la guerre du *sang* et du *plastique*, de la cruauté et de la mièvrerie.

Il nous faudra commencer par y envisager la violence et la mort, sans lesquelles la vie n'est pas. Nous verrons ensuite que le procès de la chair, s'il a commencé il y a des siècles, s'est récemment intensifié en Amérique. Ce phénomène est incompréhensible pour qui ne prend pas d'abord en compte le technicisme et la manie sécuritaire qui ont gagné la société tout entière – y compris les contempteurs de la répression puritaine. Nous examinerons l'utopie de la neutralité. Nous évoquerons la procréation et les liens familiaux, menacés par le machinisme. La solitude, autre corollaire de la neutralité, sera abordée avant que nous n'analysions l'épisode de *MeToo*. Nous parlerons des sorcières et des déesses : leur belle vigueur mérite mieux que les revendications politiques qui se les associent de nos jours. C'est l'art, comme magie et comme attention au mal, comme soin porté à la chair, qui nous occupera alors, puis les bêtes, leur vie, leurs souffrances, et la manière dont nous nous lions à elles par la viande que nous nous incorporons. L'espace et la nature, qui enchâssent nos chairs, nous occuperont un instant, et peut-être trouverons-nous contre l'asepsie, pour finir, un espoir de salut dans la sensualité.

Le savoir sur lequel je me fonde est intuitif et esthétique, mythique et religieux. Sur ce dernier mot, entendons-nous : il ne s'agit pas de la soumission au dogme mais d'une *vision religieuse du monde* – où la violence est apprivoisée par le sacrifice, où l'amour est extase, transe et métamorphose. La naïveté contemporaine se ramène à une conception étroitement politique du pouvoir, donc au déni de l'Éros, au déguisement de ce qui nous est donné en venant au monde – notre corps et sa violence – sous les hardes de la « construction sociale ». Je veux revenir aux vérités simples : se nourrir ou faire l'amour, déféquer, accoucher ou naître, avoir mal et mourir, ce ne sont pas là des constructions mais des expériences universelles et primordiales. Parce qu'il doit peu à l'intelligence – ou, du moins, à ce qui lui ressemble par le déni, habile ou demi-habile, de l'instinct et des sens – mon propos passera fréquemment pour essentialiste. À raison peut-être.

La religion consiste dans le soin porté à la violence ou, si l'on veut, dans sa « gestion » : elle *contient* – à tous les sens de ce terme – la violence. Elle nous apprend aussi à mieux aimer notre destin, dussions-nous nous battre contre lui comme Jacob contre l'ange. Quant à l'art, il magnifie le donné sans jamais prétendre l'abroger : la nature était artiste avant les hommes.

S'insurger contre le procès fait à la chair, c'est rendre ses droits à *ce qui échappe au public*. À ce qui, à la pointe de l'immanent et du transcendant, brûle et éclaire. Aux forces obscures et lumineuses de la nature, ainsi qu'aux symboles et aux rites qui transpercent, élèvent et couronnent cette dernière, plutôt qu'au social replié sur lui-même.

Je dis « vision religieuse » comme je pourrais dire « magie », me réclamant à la fois de la tradition romantique, qui fut souffle et sang, et de la Renaissance, cet âge où le Verbe s'est fait chair. J'ai aussi suivi, entre ces deux moments, avant eux ou dans leur continuité, les leçons du surréalisme et celles des années 60, de leur cinéma tout particulièrement, du baroque et de l'Antiquité classique. Derrière elles, le chamanisme des sorcières persécutées, la mystique incarnée des kabbalistes et le paganisme biblique – ce culte du sang – dont elle découle, jusqu'à la sagesse animale de l'ancienne Égypte, m'inspirent et m'accompagnent.

Je sais ce que ma sensibilité religieuse doit à la modernité : la conscience de l'infini spatial et temporel qui l'a fondée en mettant à bas le monde clos du Moyen Âge, loin de nous éloigner de Dieu comme on l'avait craint, nous a immergés dans un divin chaos ; la philologie puis l'archéologie ont jeté sur les Écritures des lumières inespérées qui me lient davantage au lieu et au temps de leur révélation en mesurant leur imperfection à l'aune de l'absolu qu'elles traduisent dans le langage des hommes ; la suspension du pouvoir de police des Églises nous a rendus à notre libre arbitre. Pour la bonne raison qu'elle n'est pas politique, ma vision ne saurait non plus être théocratique.

Il m'arrivera toutefois de parler de politique, *du* politique, mon but étant toujours alors de sauver ce qui échappe à *la* politique – le frivole et l'éternel. Je peux bien être tantôt « de droite », tantôt « de gauche » : j'effleurerai ces catégories mais ne m'y cantonnerai pas. Par mon attachement au beau et ma fidélité au passé, je suis conservateur – ce qui n'est pas être réactionnaire, ni même être « de droite » : je le suis au sens où, selon René Char, le poète est le « conservateur des infinis visages du vivant ». Mais la poussée de l'instinct, l'exultation du corps, cette même fidélité au passé qui est aussi foi dans sa promesse et loyauté aux pauvres morts, à leurs espoirs enfouis, font de moi un libéral et un révolutionnaire.

Enfin, je n'écris pas avec les mots de la science mais avec ceux de la littérature. Voici donc un essai, au sens le plus pur et le moins compris de ce terme : en l'écrivant *je m'y suis essayé*, de sorte qu'aux idées exposées s'entremêlent les élans balbutiants de mon corps. Que n'entrent donc ici doctrinaires, bigots athées ou pies, trafiquants d'impeccabilité. Et que ces pages soient lues comme on regarderait, sans dédain, telle peinture naïve ou étrange : la vitalité du monde s'exposerait là avant sa géométrie, la liberté y ferait pièce à la décence.

Pour la violence

> « Le culte de la vie, quand il est véritable, profond, total, est aussi culte de la mort. Les deux sont inséparables. Une civilisation qui nie la mort en vient à nier la vie. »
>
> Octavio Paz, *Le Labyrinthe de la solitude*

Notre époque refuse d'envisager franchement la violence. Vous n'aurez pas ma haine, semble-t-elle dire en souriant. Or, cette confiance niaise dans le pouvoir de la norme nous affaiblit face à la barbarie, de sorte qu'à la fin, nous pouvons seulement, contre une anarchie meurtrière, nous soumettre au plus autoritaire et réifiant des contrôles.

La violence est pourtant la vie même. L'étymologie nous confirme d'ailleurs que le grec βία, d'où nous vient notre *bio*logie, désigne aussi bien la violence que la *force vitale*, l'ardeur, la chaleur animale, tantôt destructrice et tantôt créatrice. Parent des mots latins *violentia* et *vita*, il possède bien ces deux sens à la fois, dont la commune origine résonne en français, dans *vi*olence et *vi*e.

Le stade d'extrême police que nous avons atteint constitue le moment où la civilisation, comme trop achevée, se retourne en son contraire. Confondant violence et brutalité, elle en vient, à la façon d'Origène qui se mutila par peur de la débauche, à nier la vie. On a brisé le fragile équilibre par lequel la bête humaine s'élève en se gardant sans cesse de retomber au rang des fauves, mais aussi de déchoir à celui des machines. Faute d'être devenus des saints, et parce qu'il fallait apparemment que nous ne fussions plus des bêtes, nous sommes tous en passe de nous changer en robots, fabriquant en laboratoire des enfants que nous enfermons ensuite par peur de la mort ou de la maladie ; la craignant, cette mort, au point de nous terrer avec ces malheureux pour mieux traîner une vie inutile et justement plus morne que la mort même ; sacrifiant la beauté de l'instant à son futur *souvenir* – à ce dont on se souvient, mais aussi au petit fétiche, photo ou autre, qui nous rappellera qu'on a « fait » le Machu Picchu et la Thaïlande ; appelant non-violente une vie dont la sève, rentrée, se corrompt, qui devient lépreuse de cette violence dissimulée à la manière des ordures glissées sous le tapis.

Le procès de la chair est d'abord celui de la violence. C'est depuis notre chair que nous créons, c'est en elle que nous vivons et aimons, et c'est sa violence même qui nous guide. Notre carnalité est éclopée parce que cette énergie-là est montrée du doigt. La fable décrit Romulus et son frère élevés par une louve : la Cité se savait alors fille des cavernes et des forêts. De même, Nietzsche a montré, dans *La Naissance de la tragédie*, que le moment le plus important de l'histoire du culte grec avait été l'alliance du dieu de Delphes, Apollon, et de Dionysos – dieu oriental –, et le rigoureux partage qui en avait résulté. Si la violence bacchique se trouvait dès lors domptée, le Grec continuait de voir dans le violent satyre le type primordial de l'homme, la figure de ses propres émotions, exposées dans leur intensité la plus haute et la plus pure. Les façades de la Belle Époque s'ornaient encore de faunes et de ménades : l'on savait alors l'insolubilité de la violence. La racine démonique de la civilisation ne fut que progressivement niée : au Moyen Âge, comme pour signifier que l'ancien ennemi était désormais l'ami, l'on promenait lors des fêtes patronales, dans les rues de Bordeaux, de Tarascon, de Barcelone, l'image du dragon ou du serpent que le saint ainsi célébré devait avoir vaincu dans un passé très lointain. C'était le mal qui guérissait le mal, la forme du serpent qui, comme dans la Bible, soignait de son venin. Le bien et le mal étaient deux jumeaux se tenant le talon dans le ventre de la nature. La rédemption surgissait du péché même.

Il y a en chacun de nous un cheval que l'on rêne afin qu'il sache où aller, qu'il ne rue ni ne s'emballe : pour contrer sa violence, c'est d'une autre violence que l'on use. Les deux s'entretiennent normalement l'une l'autre et finissent par se confondre, puisqu'il n'est de désir pleinement humain sans la mise à distance préalable, opérée par le langage, du corps à lui-même, sans la castration de nos élans, laquelle, passant notre irréductible violence au crible de la culture, la sépare de ses scories. La brutalité est ainsi évacuée, la sauvagerie quintessenciée en force.

Éduquer ses enfants, rendre un bébé propre ou le forcer à parler correctement, c'est de la violence. De même l'État punit-il le crime. De même, aussi, la galanterie tenait jadis en laisse le désir de l'homme : *se faire violence*, dit-on d'ailleurs dans ce cas. Or on croit aujourd'hui pouvoir hongrer en douceur le vieux cheval. Il est remarquable que là où les « sévices » éducatifs sont abandonnés – dans certains milieux américains par exemple – ils se voient remplacés par les impératifs d'une discipline tentaculaire : l'enfant n'est plus frappé sur la fesse mais il est culpabilisé, humilié dans sa chair, car la force qu'il réclame par l'impétuosité de sa désobéissance, parfois calculée à cette fin, lui est déniée ; il n'est plus grondé mais ses parents gardent sur ses moindres faits et gestes un œil plein d'anxiété ; ils le harcèlent, dès son plus jeune âge, de paroles intempestives et de recommandations gentiment castratrices ; le géolocalisent à l'adolescence, après l'avoir à tout instant drogué d'écrans et de psychostimulants ; le bout de leurs doigts ne l'a jamais effleuré, ils n'ont jamais haussé le ton contre lui, mais il n'a plus ni temps pour rêver, ni espace pour se retirer, ni silence pour méditer ou pour trembler – et aliéné des adultes avec lesquels on n'a jamais cru bon de le faire converser, aussi parfaitement émasculé que le pauvre épagneul de la maison, il ne leur ressemblera jamais non plus, triste avorton aveugle au monde. Quant à l'adulte, que l'on châtre mais qu'on ne châtie plus, il est lui aussi surveillé, comme un gamin, à chaque instant et pour son bien[1].

L'amour même est tiède s'il n'est violent. La Vénus des anciens était aimée de Mars, aimant comme lui le sang : *tender fierceness*, « tendre sauvagerie », dit quelque part Byron des belles d'Espagne guerroyant telle l'Aphrodite armée de Sparte et de Corinthe, avec leurs frères et leurs amants, guerroyant *comme* et *parce qu'*elles aiment. Il y a de l'horreur dans l'amour : celle de l'homme envers l'infini que la femme, sa déesse et ennemie, possède au fond des reins, et qui trouble sa fausse certitude d'être le maître : l'envie du clitoris n'est sans doute pas moins grande que celle du phallus ; celle de la femme envers ce membre qui transperce et ces bras qui étreignent ; et c'est déjà l'effroi de l'enfant devant ce qui ressemble pour lui, comme dirait l'autre, à quelque séance de torture ou une opération chirurgicale, où il décèle confusément que s'enracine sa propre existence – et il repensera souvent à cette fois où il a surpris les cris de la mère, de la sœur, dans le grenier où il jouait, pensait-il, innocemment. C'est la peur de ce gouffre où créent ensemble plaisir et douleur, où l'impureté féconde, où voisinent l'âme et l'excrément, où le psaume est blasphème. L'amour blesse et révèle, il révèle *parce qu'*il blesse. Et même s'il n'est pas toujours cruel, il ne saurait être décent sans se trahir. La décence ne comprend pas que Margot garde auprès d'elle la tête coupée de La Mole, et l'hommage obscène de Mickey Sabbath aux cendres de Drenka lui vaudra d'être arrêté.

C'est parfois haïr, et parfois c'est même tuer que d'aimer. C'est mourir et peut-être, qui sait, ressusciter. « Tu es le couteau que je tourne en moi-même : voilà ce qu'est l'amour », écrivait Kafka à Milena Jesenská. Voilà pourquoi l'attraction soudaine de Glenn Close et

Michael Douglas, dans *Liaison fatale*, transcende le discours apparemment moralisateur du film : dans le New York d'alors, la passion s'enflammait ainsi, en un regard, et l'on n'aime peut-être après tout jamais que par-delà bien et mal.

L'adoration peut culminer, chez l'homme à tout le moins, dans le désir d'ouvrir son idole, de la connaître de l'intérieur :

> Et me penchant vers toi, reine des adorées,
> Je croyais respirer le parfum de ton sang.

Cette dimension d'ivresse et de mort est irréductible au consentement. Et l'on oublie parfois que l'on existe jusqu'au flamboiement d'un vivre pur[2].

Qui dit violence dit mort, et c'est au risque de la mort que nous devons vivre : pour aimer la vie, pour l'aimer vraiment, il faut aimer la mort *avec elle*, en son sein – comme sa genèse et son but, comme la marge ou le blanc du texte, qui donne sens aux lettres dont il se compose. Aimer la vieillessse comme on aime l'enfance et la jeunesse, les terreurs de la nuit aussi bien que l'éclat et la pureté du jour : la naissance et le trépas se confondent dans le rayonnement de l'infini comme dans la souffrance. L'odeur de la vie est celle de la mort, et si le polyéthylène ne sent pas, c'est qu'il ne vit pas. La vie est toujours un produit de la décomposition de la vie – et son grouillement donne pour cette raison extase et nausée.

L'hygiéniste oublie que le microbe est vie et la vie microbienne : ne s'empoisonne-t-on pas pour mieux braver la maladie ? Le scepticisme vaccinal est, à ce titre, une autre forme de la pusillanimité contemporaine. L'on voudrait une vie parfaitement hygiénique comme on voudrait un amour inoffensif, au lieu du regard « objectivant » et, surtout, des relations *toxiques*. Des athlètes de plastique hollywoodiennes à la nouvelle pornographie, aseptisée elle aussi car faite pour « aller à l'essentiel », du bannissement du tabac – comme si la vie bonne était nécessairement longue et saine – au *gluten free*, de la « communication non-violente » au « langage non discriminant » de Word – qui va jusqu'à censurer obscénités et gros mots –, tout est devenu effroyablement salubre. L'on n'aime la vie que si elle ne blesse pas et si l'on ne se salit pas à son contact – indolore et inodore, parfaitement *safe*. Parce que la nature n'est pas si bonne fille, qu'elle récalcitre assez souvent, on préfère la neutralité de la chambre d'hôpital et de l'épuisette, l'ordre de l'étude de notaire, et c'est pour la même raison qu'on aime aussi mieux se dire que, de toutes les manières, « tout est construit », la douleur de vivre comme celle de mourir, la peur des ténèbres comme l'orgasme, *tout* étant ainsi bien plus simple. Aux vies confinées correspond à merveille cette pensée décharnée.

Le refus que notre société oppose à la mort est caricaturalement illustré par l'un de ses héros, Elon Musk, qui croit pouvoir s'acheter de ne jamais mourir – qui croit en avoir le droit. Nous avons oublié que le monde dans lequel nous sommes nés avait été bâti par des gens de vingt à trente ans convaincus qu'ils mourraient à soixante ou avant, en tout cas convaincus qu'ils mourraient un jour, l'ayant accepté et résolus, dans l'intervalle, à vivre intensément. Nous vivons plus longtemps qu'eux, mais d'une existence aussi morne que confortable.

Avec l'épidémie de coronavirus, ce refus de la mort est devenu paroxystique. Je ne parle évidemment pas de la légitime inquiétude qui nous a tous ébranlés au printemps 2020, moins encore de l'ardeur mise dans les mois suivants à concevoir un vaccin : c'est en soignant et en protégeant que s'énonce la civilisation. Pas à n'importe quel prix cependant, ou plutôt pas en oubliant jusqu'où doit s'étendre le soin pleinement *humain* ; ce qui différencie, en somme, la vie humaine de la « vie » des machines : que l'on préfère un enfermement sans fin au risque de la mort dit le robotisme, la mièvrerie et l'égoïsme auxquels nous nous sommes abîmés.

Sauver les corps est louable, mais la vie ne s'arrête pas là, la *vie charnelle* ne s'arrête pas là : la chair est aussi tout ce que le corps comme composé chimique ne parviendra jamais à être. On se fait de la vie une idée trop étroite, non seulement parce qu'elle est réduite au refus de la mort et s'arrête au nombre d'années effectivement vécues, mais encore parce qu'on lui ôte la vie affective et la vie intérieure aussi bien que professionnelle, et parce qu'on n'y inclut guère la santé mentale, ce qui, même de ce point de vue comptable, est illogique : les statistiques officielles enregistrent quelques années gagnées d'un côté, elles en perdront sans doute de l'autre en suicides, troubles psychosomatiques divers (cancers compris) issus de la dépression, alcoolisme. Sans même parler des conséquences de la misère : nos gouvernements ont décrété qu'il était moins atroce d'être au chômage en ayant une famille à nourrir, que de mourir « prématurément » à soixante-dix, quatre-vingt ou quatre-vingt-dix ans.

Cette non-vie se fond dans la virtualité, où l'espace même que nous habitons – la beauté du monde qui vaut justement la peine de vivre, de se battre et, parfois, de mourir – serait indifférent. On a fait mine de s'étonner de l'explosion du conspirationnisme, maladie de l'esprit qui ne frappe pourtant que des individus esseulés, sans attaches et sans racines. Il est tout naturel qu'elle soit si répandue de nos jours, tout naturel aussi qu'elle soit décuplée par des mois d'isolement forcé, sans autre savoir que celui grappillé en ligne, où même voir un autre visage fut, dans les faits, interdit à certains, ceux des périphéries et de la ruralité. Amazon et Google ne sauraient remplacer un monde de librairies, de cafés, un monde où l'on se lève chaque matin, où l'on fait sa toilette et s'habille, où l'on se rend à l'école ou au bureau. La fermeture de ces lieux participe du procès de la chair et de la vie – de la vie humaine et non machinale.

Une vie sans toucher ceux qu'on aime n'en est pas une – ni plus que sans musique et sans peinture, sans cinéma. Une vie sans gastronomie, une vie où l'on boit peut-être mais seul, sans trinquer, serait amoindrie, comme le sont déjà ces existences où tout se prévoit, où tout se calcule, où l'on ne peut se rendre en un lieu sans l'avoir prévu longtemps à l'avance et en avoir avisé les autorités compétentes : théâtre ou musée, église, synagogue ou cimetière, parc zoologique ou bien telle ville que l'on pouvait jadis visiter sur un simple coup de tête… Tous les amoindrissements de ce genre, accumulés, annuleraient à la fin la vie même.

Or si une vie complètement solitaire n'est pas la vie, celle où l'on n'aurait pas non plus la possibilité de se soustraire, quelques instants par jour, à sa propre famille, ne l'est pas davantage. Le confinement a isolé, d'un isolement de fer, les célibataires et les veufs, tout en privant les autres (ceux qui n'ont ni grand appartement ni *résidence secondaire*) de cette liberté de se retirer, d'échapper aux siens, de se retrouver soi-même. Il n'y a pas à s'étonner, dès lors, que les enfants des classes laborieuses et populaires aient été souvent incapables de rester aussi sagement chez eux que le prêchaient les privilégiés – qui, pour cela, jugeaient adéquat de les traiter d'irresponsables, voire d'abrutis.

Aux États-Unis, le masque chirurgical est d'autant plus fétichisé – par toute une catégorie d'hygiénistes-moralistes dont il est devenu la bannière et l'identité – qu'il peut être réellement salvateur. Cependant, le porter en pleine rue, même vacciné, c'est surtout proclamer à la face du monde qu'on croit « en la science », ça n'est sauver personne : si la science est indissociable de la notion de probabilité, je ne vois pas trop ce qu'il y a de scientifique à dire qu'on sauve des vies en marchant sur Broadway le visage couvert d'un, voire de deux ou trois masques, et alors qu'on est dûment immunisé. Je soupçonne en revanche d'indicibles dégâts, que ces grands savants préfèrent ignorer, sur la conscience de leurs enfants, qui auront vu pendant des mois, des années peut-être, les adultes refuser de se dévoiler la face en public, et auxquels on aura appris à se désinfecter les mains à chaque objet touché. Quant aux gants de plastique, non seulement ils n'ont aucune vertu prophylactique – la plupart d'entre nous ne sachant pas comment les enfiler ou les ôter convenablement – mais ils contribuent au saccage des océans et donc, à terme, de notre santé. Le mantra « scientifique » ne fait que recouvrir une peur toute victorienne du corps, du sien comme de celui d'autrui – la peur, encore et toujours, de la vie.

En France, la délation s'est vue encouragée, fût-ce pour d'aussi inoffensifs délits que de marcher plus de vingt minutes au-delà du périmètre autorisé. Pour que des vieux, *boomers* ou octogénaires, dont on méprise à peu près tout – les valeurs libertaires ou « rétrogrades », l'habillement ringard ou trop élégant, les intonations de voix, la syntaxe et l'orthographe, le simple bon sens – pussent vivre cinq ou trois ans de plus, on les a séquestrés, offrant bel et bien ce qui leur restait de vie sur l'autel de la longévité. C'est que, faute de savoir encore jouir de l'instant, on tente de le multiplier indéfiniment, comme Don Juan ses maîtresses, sans jamais s'en satisfaire ; mais le visage de ceux qu'on voudrait aimer *plus* ne s'en effacera que davantage et l'on n'y pourra rien. Cela irait peut-être si l'on n'avait pas, du même coup, sacrifié les années les plus significatives d'enfants, d'adolescents, de jeunes dont on prétend bien respecter les « choix », dont on se raconte qu'on chérit leur liberté en égalant leur rap aux lieder de Schubert, ou en les laissant amener qui ils veulent à la maison, mais qu'on a empêchés, pendant des mois, d'y amener qui que ce fût, même en secret, condamnés qu'ils étaient à ne voir que leurs parents. Je ne parle même pas des ravages que cette situation a pu causer chez les enfants infirmes, handicapés ou autistes. Toute l'hypocrisie de l'époque se résume peut-être là.

La médecine cartésienne avait statué qu'il valait mieux s'étioler par manque d'air pur, de soleil et de rêves à dix ans, voire mourir de solitude et de mélancolie à quinze, à vingt ans, que d'une maladie respiratoire. La rhétorique guerrière dont on usa tant il y a quelques mois fut à cet égard aussi révélatrice que ridicule. De même qu'à la guerre on voue les jeunes à la mort pour le confort des vieux, de même on a, cette fois, sans les tuer directement, détruit la vie des premiers. Reste qu'on a également laissé crever les seconds, pour leur bien, sans qu'ils pussent revoir leurs proches, sans un baiser, sans un regard : la mort même devait être propre et *distante*. Combien d'entre eux, durant les derniers mois qu'ils passaient sur terre, furent-ils privés de leurs enfants ? J'ai connu à New York un vieillard, survivant des camps, que son fils unique, subissant la pression de son milieu, avait décidé de tenir parfaitement isolé. Du jour au lendemain, tout ce qui constituait sa vie lui fut ôté : les échecs, la synagogue, les baisers de ses petits-enfants. Il s'est laissé mourir de faim.

Mais de quel droit a-t-on donc décidé cela ? Et à quel summum d'inhumanité sommes-nous donc descendus pour que cette zombification nous soit préférable à des pertes physiques que nous ne faisions à l'évidence que repousser ? On a supprimé (pourquoi s'en serait-on privé ?) jusqu'aux rites funéraires – piétinant ce qui, depuis Néandertal, distingue l'homme de la plupart de ses frères inférieurs. Combien connaissons-nous d'orphelins qui, vivant à l'étranger, n'ont pas même pu mettre leurs parents en terre ?

Ces questions liturgiques mises à part, les bonnes âmes catholiques – celles qui avaient cru bon de maintenir Vincent Lambert dans une vie végétative, que seule une technique aussi abominable que moderne avait rendue possible – et les bonnes âmes du centre, toutes convaincues que l'État, pour reprendre le mot de Foucault, a pour vocation de « faire vivre », toutes ennemies de la mort – ont pu communier dans une niaise extase. Ce contrôle dit assez ce qu'est la religion d'aujourd'hui : c'est l'idolâtrie, j'y ai fait allusion, de la *santé* – définie en termes purement physiques et quantifiables, à l'exclusion du mental – et de la *longévité*. Un fanatisme, après tout, pareil à tout autre, un Moloch pour la joie duquel on immole finalement la vie vraiment vécue.

« Il faut boire votre vin pur ; et, pour épaissir votre sang, qui est trop subtil, il faut manger de bon gros bœuf, de bon gros porc, de bon fromage de Hollande ; du gruau et du riz, et des marrons et des oublies, pour coller et conglutiner. » La leçon de Toinette au Malade imaginaire me paraît plus subversive en 2022 qu'en 1673. La médecine sauve non plus par chance comme c'était souvent le cas alors (pour les doctes du moins, puisque les femmes des campagnes savaient déjà soigner), mais par science véridique. Il n'empêche que l'État et la société tout entière, l'un armé de sa police, l'autre de sa réprobation, ont repris le flambeau de l'hygiénisme qui, superstition savante, naissait en ce temps-là. Tout se passant comme si le solécisme de la « distanciation sociale » était tout simplement l'aubaine que certains attendaient pour rendre désormais acceptable leur dégoût des autres.

Disons donc, au rebours de cette idéologie de la *survie*, qu'il faut aimer la mort parce qu'elle pénètre la vie de tous côtés. Rien à voir au demeurant avec ceux qui n'aiment la mort que par *haine* de la vie. Le djihadiste n'est pas seulement notre ennemi mortel dans les faits, il l'est aussi par la manière dont il aborde le problème : c'est parce que la vie seule compte à nos yeux, que nous savons l'amour talismanique et « fort comme la mort », qu'un jour nous mourrons peut-être heureux, ayant reconnu à cette dernière la part dialectique qu'elle a dans nos vies et, en même temps, à la vie, contre les forces d'effacement, sa part d'immortalité.

La vie est première et absolue, mais elle contient la mort, de sorte que nous aimons la seconde pour cette raison même, comme on aime, passionnément, les imperfections et jusqu'aux excrétions d'un époux ou d'un enfant. Car c'est dans la destruction incessante que se renouvelle l'univers. Sœur de notre mortalité, notre violence est celle de l'être même. « La première et la plus belle qualité de la nature est le mouvement qui l'agite sans cesse, mais ce mouvement n'est qu'une suite perpétuelle de crimes, ce n'est que par des crimes qu'elle le conserve », affirme un personnage de la *Justine* de Sade. Réponse sauvage, mais franche, au naturisme des Lumières : cruelle Lilith, la déesse chantée par le Marquis, dévore tout en les faisant jouir ceux qu'elle nourrit. La cruauté est première : notre violence précède toujours notre douceur. Expulsée hors de nous, notre agressivité montre la voie à l'Éros et le constitue. On n'aime ni ne naît sans violence, et tout, dans la nature féroce, injuste et sanglante, meurt de vivre et vit de mourir et parfois de tuer. Ni le buis taillé dont nous voudrions enfermer le jardin des supplices, ni cette lumière acide dont nous aspergeons désormais l'alcôve ne peuvent rien y faire.

Ceux qui vous disent aimer le corps mais l'aiment parfait seulement ou le voudraient impérissable, ils ne l'aiment pas. Et l'aimer inoffensif n'est pas l'aimer non plus. Or l'époque *adule* le corps, à la condition expresse qu'il soit jeune et sain, harmonieux et pacifique. La défense des invalides ou des cheveux blancs, à la mode depuis peu, n'y change rien, puisqu'il s'agit de se faire croire qu'un corps estropié est aussi beau que l'Apollon du Belvédère – ou plutôt d'interdire tout jugement – et que la vieillesse ne recèle nulle laideur et nul grotesque. L'« anti-capacitisme » est bien une autre manière de détourner le regard de la laideur et de la mort en leur vérité et en leur sérieux. Qu'on nous rende les monstres de Tod Browning, et qu'on dise à ces monstres ce qu'ils sont : il en va de leur dignité même. Le grotesque et le sublime ne se résorbent pas dans les bons sentiments.

Toute chair est à la fois monstrueuse et splendide. « Et si tu chies, et si tu pisses, tant mieux. Je ne veux pas une femme qui ne puisse ni chier, ni pisser », disait Mellors, le garde-chasse, à Lady Chatterley. Je me demande bien qui saura entendre aujourd'hui l'appel *panique* du jardinier : le propret détourne déjà le visage, le bigot déplore, suivant en cela Augustin, que nous naissions « entre l'urine et la merde », le machiste est embarrassé, puisque la femme qu'il voudrait ou n'a de corps qu'idéal, ou se condamne à ses rudesses dès que resurgissent odeurs, toison, désirs, en somme sa corporéité… Et nos féministes l'aiment-elles assez, ce corps, l'aiment-elles pour lui-même et pour la vie qu'il exhale ? Leur *body positivity*, que dit-elle de la chair, et que dit-elle des sens ? En défendant le *droit* de l'obèse, que disent-elles des formes et de leur beauté sinon la même chose, en creux, que tous les idéologues décharnés qu'elles croient se donner pour adversaires ? Dans ces activités excrémentielles, que certaines d'entre elles revendiquent, par souci d'égalité, par haine d'une élégance qu'aurait imposée le sexe mâle au leur, elles sont trop peu ménades pour voir autre chose, là encore, qu'une série de *droits* intestinaux. J'aime la violence de la femme de Putiphar, dans l'eau-forte de Rembrandt, dont le désordre révèle, à la lisière de l'ombre et comme elle s'accroche à l'homme qu'elle désire et qui la refuse, *un pot de chambre*. Mais cet ustensile n'est pas là pour rassurer les femmes sur leurs droits : il dit seulement que l'Éros est d'abord animal. C'est une même mesquinerie, au contraire, qui rassemble le déni de cette animalité et son ombrageuse utilisation politique.

Le corps pue, déçoit, vieillit, le sang effraie, l'amour détruit, la mort est partout. Non que je réprouve la beauté ou la grâce, mais je sais, derrière celle-ci, les ébats monstrueux de l'abîme[3]. L'optimiste béat ne voit pas les infinis ravages dont se tisse la nature : en voit-il alors vraiment la beauté ? Il faut un peu de pessimisme, ou du moins de ce que l'on appelle improprement ainsi, pour affronter, jouir de la corruption inhérente, coextensive à l'être et à la chair. Sans quoi, dans le meilleur des cas, vous vous assommerez à la salle de sport, à moins que votre volonté, brisée, ne se laisse expirer sans souffrance devant une forêt d'écrans. Vous pourrez également tuer, ou *vous* tuer. Cela est vrai partout. Le sadisme des djihadistes ou des *Incels*, les « *Involuntary Celibates* », prouve qu'on ne saurait contraindre à tout jamais la chair et que mieux vaut l'apprivoiser – avec le bâton s'il le faut – que de la mettre en cage. L'Amérique ne connut les tueries de masse qu'après *Peace and Love*. Le massacre de Cielo Drive dit une certaine vérité, celle du tréfonds de l'ère hippie. L'enfer sur la toile duquel se déployait l'euphorique *justification par la foi* de cette génération.

Le problème est que l'horreur ne s'arraisonne pas comme on croit pouvoir faire d'un champ de cailloux : elle resurgit sans cesse et la grimace du Joker dit tout ce que masquent les dents blanches du philanthrope. « La perfection des criminels modernes n'est pas une conséquence du progrès de la technique moderne ou de la vogue des romans policiers, mais bien plutôt de celle du mépris de la vie inexorablement sous-entendu par l'escamotage de la mort », écrit Octavio Paz. Et si l'Amérique intellectuelle et artistique se meurt déjà de mièvrerie – c'est-à-dire d'avoir voulu extirper de son sein toutes les forces de mort – c'est bien le monde entier qui pourrait un jour suivre le même chemin.

Made in America

> « Comme il convenait. Le mot de passe en vigueur pour brider presque toutes les aventures hors des sentiers battus, afin de ne mettre personne mal à l'aise. »
>
> Philip Roth, *La Tache*

Je garde au cœur la sensation de mes premiers pas à New York. J'en connaissais mal la géographie, peut-être plus mal encore l'histoire, mais je l'imaginais, concert d'impressions diverses que je m'en irais puiser dans ses rues à la première occasion. C'était l'été. J'ai vagabondé pendant des semaines, dès le petit matin, dans son atmosphère nauséabonde et enivrante, repaissant mes yeux de ses teintes crépusculaires, mes oreilles de son interminable rumeur. Le premier jour, alors que j'avais marché de Central Park jusqu'au Lower East Side, j'aperçus, tournoyant parmi les pylônes de Manhattan Bridge, un faucon. De ma vie, je n'avais peut-être rien vu de si noble et sauvage à la fois. Je crus à quelque présage – je n'aurais su dire de quoi.

Pendant un mois entier, je fus hébergé, de Harlem à l'Upper West Side, de Lexington Avenue à Tribeca, par des amis, des parents ou des amis d'amis, à la bonne franquette. La ville qui m'enveloppait n'était pas si éloignée qu'elle l'est aujourd'hui du décor de mes lectures, des séries et des films où j'avais appris à l'aimer : nous étions tout juste dix ans après le 11 Septembre, et elle retenait encore, dans les plis de sa vie palpitante, un arôme de XXe siècle. Dans le métro, l'on se parlait, se regardait. Quoique le charme européen – cette façon de ne pas toujours « aller à l'essentiel » – lui manquât quelque peu, la drague était partout. L'humour aussi, les blagues salaces ou caustiques – auxquelles chacun prenait plaisir, quel que fût son sexe et de quelque race qu'il fût. Les jeunes paraissaient sereins, vivants, ce qui n'est plus guère le cas.

Dans les *speakeasies* se disait le regret d'un temps d'ombre, de risque et de sensualité : une avalanche de nouveaux réglements ont achevé de vider ces lieux de leur beauté. Il y avait aussi *Sleep No More*. Spectacle vivant inspiré de Macbeth, il en transposait l'action, dansée, dans le contexte de la Prohibition. On déambulait dans le clair-obscur, masqué, d'une forêt à une salle de banquet, à un magasin de bonbons où passait « When the Swallows Come Back to Capistrano » chanté par Bing Crosby, un cabinet de taxidermie, un appartement victorien où l'on découvrait un meurtre atroce, un hôpital psychiatrique… Et si l'on était caressé par les envoûtements de Bernard Herrmann – qui baignaient cette maison-monde – il arrivait aussi qu'on le fût par les artistes eux-mêmes, qu'une louche intimité liait en effet à leur public. Certains élus avaient droit à un baiser, donné derrière un paravent ou un rideau. Parfois à plus que cela. Je n'imagine qu'avec douleur ce que *MeToo* et le coronavirus auront fait de tout cela.

J'ai passionnément aimé l'Amérique – une Amérique imaginaire, certes, mais qui n'en existait que davantage à mes yeux. C'était un pays qui me parlait à travers les notes d'Ennio Morricone et la voix de Rita Hayworth chantant « Put the Blame on Mame », un pays de chair et de sang, avec les splendides vengeances du Far West, et les fantômes espagnols de *Vertigo*, l'arrivée de Vito à Ellis Island, dans *Le Parrain II*, et les Lincoln Continental du premier volet, quand on lui tue son fils, et Tony Soprano sur Washington Bridge... C'était Alvy Singer, c'était Sabbath et Portnoy, et Herzog monologuant dans ses Berkshires, et ce couple noir, photographié en 1932 par James Van Der Zee, sortant d'une Cadillac V-16 en manteau de fourrure, et les « Haunted Nights » de Duke Ellington. C'était un monde de spectres et de beauté.

J'attendais beaucoup du judaïsme américain que je savais, par mes lectures, théologiquement inventif, et aussi vivant que divers. La synagogue française me semblait, à côté, toute provinciale. À cet égard, l'Amérique a tenu ses promesses. De même, je savais que sa vie académique me comblerait. Même ses *culture wars*, ces débats qui en structurent la vie intellectuelle depuis la fin des années 60 autour de quelques questions morales et sociales (sexualité et racisme principalement), me séduisaient : au moins se passait-il quelque chose ! La suite des événements a démenti cette intuition. Quand tout le monde est d'accord ou a trop peur de parler, il ne se passe plus rien.

Je réside toujours à New York, entouré d'amis et jouissant de cette ville, affamé de sa mémoire, de sa vie qui dure et résiste. Je suis heureux que ma fille y soit née : quelque part, cela l'apparente plus encore aux héroïnes de cinéma que j'espère un jour lui faire découvrir, à ces déesses qui l'arpentèrent et peuplent encore mes rêves. Pourtant, presque sans mot dire, j'ai vu New York s'affadir, et la tristesse, l'ennui gagner ses habitants.

Un été n'avait pas suffi. Je suis revenu un an, lecteur à Columbia, puis j'ai voulu y passer plus de temps. Accepté en doctorat dans cette même université, j'y ai enseigné le français et la littérature. Là aussi, j'ai vu les gens se métamorphoser, gagnés par une décence pétrifiante, par la terreur aussi. D'année en année, il y avait des choses qu'on ne pouvait, *littéralement*, plus dire – tant et si bien que lorsque je continuais, moi, à les dire, certains de mes élèves venaient me remercier à la fin du cours, de cet oxygène qu'il leur semblait ainsi respirer. Une jeune veuve, ancienne militaire qui avait courageusement repris ses études à l'âge de trente-cinq ans, me confia qu'elle se sentait plus libre dans ma classe que nulle part ailleurs, libre et *protégée*. Cet aveu me bouleversa car il m'était impossible de me rappeler exactement quelle parole avait pu susciter chez elle un tel sentiment. Peut-être, justement, n'avais-je en fait rien dit de spécial

J'étais arrivé pendant une période de relative latence : les *culture wars* s'étaient adoucies, Obama ayant, d'une part, prophétisé la venue d'une Amérique post-raciale et inspirant, d'autre part, par sa tendre virilité, une noblesse de gestes et de mots rédemptrice. Cet homme pouvait en somme servir de modèle à la jeunesse, qu'il encourageait à voir autre chose, dans la sophistication mâle, que viol ou agression. Au demeurant, le cycle de castration mentale entamé dans les années 80 n'était pas achevé : à l'université, les derniers érudits – ceux mêmes qui avaient échappé aux débuts de l'hyperspécialisation, antérieure aux *culture wars* – et quelques authentiques rebelles des années 60 et 70 avaient encore leur mot à dire, n'étant pas remplacés comme ils le sont aujourd'hui par les générations suivantes.

On entendait maints propos extrémistes, mais ils n'étaient pas la norme : au moins gardaient-ils, du coup, un peu de leur saveur subversive, et l'on pouvait en débattre. Je me souviens d'avoir un jour expliqué à une dizaine d'élèves pourquoi la lecture d'Homère devait leur importer plus que celle de la littérature postcoloniale qu'on leur avait appris à lui opposer. Leur importer plus, même, que celle de Faulkner – que je leur disais être le plus grand écrivain américain mais qu'à ma grande déception ils ignoraient de toutes les manières. Certains approuvèrent mes arguments, d'autres les contestèrent, vivement mais respectueusement. On rit beaucoup ce jour-là, et plusieurs personnes, de part et d'autre, changèrent d'opinion. Cela serait plus difficile aujourd'hui.

La plaisanterie avait cours dans l'enceinte même de la classe, et les sujets les plus crus pouvaient être abordés sans l'excuse de l'idéologie, avec le simple support d'un film ou d'un poème : le savoir et l'amitié s'entretenaient ; l'université postmoderne gardait malgré tout quelque chose de la vieille Thélème ; l'art et les mots primaient les cases à la mesure desquelles on aplatit aujourd'hui les âmes.

Un professeur, s'il recevait une élève, ouvrait la porte de son bureau pendant leur entretien. Cela n'était pas obligatoire mais depuis les premières affaires de harcèlement, beaucoup en avaient pris l'habitude afin de se protéger de toute accusation. Pour la même raison l'on évitait aussi de se retrouver dans un ascenseur, seul avec une personne de l'autre sexe. Cependant, ces usages étaient évoqués dans les conversations avec ironie et détachement. Chacun sentait ce qu'ils avaient, au fond, de ridicule. Au sujet de professeurs âgés ou décédés, il se racontait beaucoup d'histoires assez lestes, dont tout le monde se gaussait. Ailleurs aussi, et l'on racontait encore, dans une université prestigieuse que je visitai avec une amie, ce jour, remontant peut-être à une quarantaine d'années, où la femme d'un célèbre philosophe était venue dans le bâtiment où il enseignait, avait agrippé sa jeune maîtresse, une élève *undergrad*, et lui avait hurlé : « Tout le monde sait bien que tu ne l'aimes pas, la seule chose qui t'intéresse, c'est sa grosse bite ! » Notez qu'aucun soupçon de vénalité ou de favoritisme n'entrait en ligne de compte : c'était simplement la passion d'une épouse et celle d'une amante, deux femmes prêtes à se battre pour un homme, dans un escalier, toutes griffes dehors.

Je n'ai jamais eu de comportement « inapproprié* » avec mes élèves, et il y eut plusieurs raisons à cela, dans certains cas ma timidité, à l'époque, encore lecteur, où j'aurais pu essayer ; dans d'autres le peu de goût qu'elles m'inspiraient ; et puis, dès lors que je suis revenu deux ans plus tard sous le statut de doctorant, ma nouvelle vie d'homme amoureux, bientôt marié. Il est arrivé, en revanche, qu'elles s'adressent à moi, comme à beaucoup d'autres, dans les termes les plus explicites, ou me posent en plein cours des questions qui auraient pu valoir quelques ennuis à l'enseignant qui se serait avisé, lui, de les poser. Lorsque j'étais lecteur, l'une d'entre elles alla jusqu'à faire savoir à un collègue dont elle suivait également les cours, qu'elle regrettait mon indifférence. Respectueux des règles officielles, il ne me le répéta qu'à la fin du semestre, quand je ne risquais plus rien. Un site aujourd'hui fermé affichait de courts messages postés par les étudiants de Columbia, annonces diverses, médisances, déclarations d'amour ou plaisanteries à double entente. Mon nom s'y retrouva de temps à autre, ce qui n'était en rien exceptionnel – et qu'une personne anonyme demande ainsi à ce qu'un professeur, désigné, lui, explicitement, accepte de lui donner « quelques cours particuliers », ne choquait pas. À la vérité, la tentative de séduction la plus déconcertante me vint d'un jeune homme, brillant mais d'ordinaire

---

* Qui ne soit pas convenable. *Appropriate* qualifie le comportement décent, convenable, bourgeois. La gauche s'en est récemment fait un idéal.

assez réservé, qui suivait mon cours de conversation française : après une séance où j'avais évoqué la rivalité mythique d'Apollon et Dionysos, il m'envoya un courrier dans lequel il m'écrivait, entre autres choses, que je lui faisais justement penser à un berger grec.

Tout cela était admis, et mes élèves eussent été les premiers à se plaindre du contraire. Non, bien sûr, que les universités n'eussent pas, déjà, adopté une politique sexuelle aussi intrusive que répressive, mais entre la paranoïa des années 80 et celle de la décennie en cours – laquelle, assortie d'un degré de surveillance qui n'existait pas il y a trente ans, est donc bien plus destructrice –, il pouvait sembler qu'on était revenu à une sorte d'équilibre, quelle que fût la profession de foi qu'on se donnait pour faire bonne figure. Il y avait dans l'air une certaine légèreté, un goût que je ne rencontre plus guère, si ce n'est dans les films et dans mes souvenirs. Moins de dix ans, pourtant, ont passé.

⋆

Le procès de la chair ne s'est pas ouvert hier, ni même, nous le verrons, avant-hier. Il reste que l'Amérique blanche compte aujourd'hui parmi les plus acharnés procureurs de cette vaste mise en accusation. Et nous sommes, Européens, les Sioux, les Cheyennes, les Apaches de sa frontière sans cesse repoussée : dans leur hostilité de guerre froide à la vieille Europe décadente, une ligne va des doctrinaires de Fox News à ceux du *New York Times*.

Il n'est rien de plus bête que la gauche, à part la droite. Une chose qui a été bien peu comprise de cette dernière, notamment en France, c'est que le « politiquement correct[4] » est le triomphe de l'esprit blanc. L'Américain de gauche est constructionniste parce que la vie charnelle lui fait horreur. Or cet effroi est la manifestation la plus pathétique de sa blanchité. La *cancel culture* est une invention blanche, une ruse de l'esprit blanc qui va jusqu'à ventriloquer les minorités qu'il opprimait jadis – y compris lorsque celles-ci croient se défendre par là, ou réclamer justice. Entendons-nous : la blanchité dont je parle n'est pas une réalité biologique. Elle ne désigne pas une origine (européenne) précise, mais constitue un certain *esprit*. Est blanc, aux États-Unis, quiconque croit que la pureté existe sans mélange.

Ce que la « gauche » puritaine (blanche) admire chez les minorités ethniques dont elle se fait l'avocate, elle le refuse aux Blancs – ne comprenant pas à quel point elle ne fait que projeter sur d'autres sa propre ombre. Il y a quelque chose de sauvage et de charnel dans l'esprit aristocratique, et s'il a déserté les rangs égalitaires de la bourgeoisie anglo-saxonne, il ne lui déplaît pas, lorsqu'elle peut encore l'observer ailleurs, dans sa nudité même. « L'Indien, au fond de la misère de ses bois, écrit Tocqueville, nourrit donc les mêmes idées, les mêmes opinions que le noble du Moyen Âge dans son château fort, et il ne lui manque, pour achever de lui ressembler, que de devenir conquérant. Ainsi, chose singulière ! c'est dans les forêts du Nouveau-Monde, et non parmi les Européens qui peuplent ses rivages, que se retrouvent aujourd'hui les anciens préjugés de l'Europe. » Le Blanc, après avoir dépouillé l'Indien, asservi l'Africain, expulsé le Mexicain, affriande d'un côté leurs descendants à la fadeur de sa propre chair anémiée, de l'autre s'amuse à contempler, quoique tenus en laisse, quelques vestiges de leur beauté, de leur noblesse ou de leur violence, quelques traces d'inégalité : les femmes de l'élite new-yorkaise acceptent volontiers le machisme hispanique, et un vieux Noir pourra les appeler « *Honey* » ou « *Darling* » sans encourir le courroux auquel, dans une position semblable, s'exposerait à coup sûr un Blanc. La violence du rap, largement acceptée elle aussi, est un autre exemple de ce « *double standard* », comme le serait chez nous l'acceptation tacite, chez certaines féministes, du patriarcat arabe – à cette différence près qu'il n'est pas besoin, aux États-Unis, d'être aveuglé comme celles-ci le sont par l'idéologie, pour sombrer dans ce genre d'incohérence : c'est la manière de vivre et de sentir de la moindre « Karen ». Une forte dose de racisme l'explique, mais il s'agit aussi d'une triche de l'inconscient : le Noir ou le Mexicain permettent aux désirs bridés de la femme blanche de se donner, au moins symboliquement, libre cours. Car, à part cela, nul ne *vit* moins que ces New-yorkaises, surtout les mères, dévorées qu'elles sont d'anxiété, la peau corrodée par les flots de gel désinfectant, la chair flétrie dans les privations.

On pourrait presque dire que le propre de cette culture « blanche », que l'on appelle aujourd'hui ainsi pour la discréditer, est de ne l'être jamais sinon d'un point de vue étroitement biologique. Quoi de plus hybride, quoi de plus *sauvage* qu'une pièce de Shakespeare ? De grands interprètes noirs – ou étrangers d'une autre manière au tardif bon goût blanc – n'ont-ils pas su, pendant tout le siècle dernier, extraire le suc dionysiaque d'œuvres un peu trop facilement canonisées ? Dans la manière dont Horowitz convulse Mozart et Chopin et celle dont Heifetz fait gémir les notes de la *Sonate à Kreutzer*, dans la raucité suave dont Leontyne Price ranime la gitanerie de Carmen ou la fierté invaincue d'Aida – et jusqu'aux brumes d'Isolde – c'est, *contre sa blanchité*, la puissance magique et païenne de la civilisation européenne qui, exultant dans l'ivresse de sa chair, semble ainsi s'accomplir à nouveau. Alejo Carpentier a eu l'idée de réunir à la fin de son *Concert baroque*, roman dont l'action se situe à Venise, le tumulte de Vivaldi et Haendel à celui d'Armstrong : c'est l'essence sauvage, charnelle, de la haute culture « blanche » qu'une telle rencontre glorifierait.

Aux États-Unis, on a considéré comme blancs des groupes qui ne le seraient guère si la race était signifiée par un certain taux de mélanine. L'inverse est vrai aussi. Je songe qu'au Canada voisin, malade à maints égards des mêmes préjugés, le député francophone Henri Bourassa s'entendait demander il y a un siècle, par ses collègues anglophones de la Chambre des Communes, de « *speak white* », le français étant pour eux une langue de « demi-nègres ». À New York, les Italiens, les Juifs, certains Hispaniques sont aujourd'hui vus comme Blancs, mais ils ne l'étaient pas hier. Un Juif syrien est « blanc » ; un musulman de même origine, non.

Le politiquement correct n'est pas une forme de progressisme, bien qu'il en adopte à l'occasion les dehors. C'est plutôt l'autre nom de la *propriety*, soit de ce qu'il convient, de ce qu'il est *approprié* de faire et de dire dans le système de valeurs blanc. Si la « dignité WASP » est fondée sur cette notion, Roth soutient dans *La Tache* que la « fierté noire », les *droits* des femmes ou le sentimentalisme prude des Juifs américanisés ne le sont pas moins. En effet, l'esprit blanc est un démon si habile qu'il n'est rien de plus blanc dans l'Amérique d'aujourd'hui que certaines mégères juives, que certains étudiants noirs, que certains homosexuels fort convenables. Le même Roth décrivait dans *Goodbye, Columbus* l'acculturation, faite de train-train pavillonnaire, d'arrogance sociale et de rhinoplastie, de la bourgeoisie juive des années 50, mais c'est par la conversion des Juifs au politiquement correct que s'est achevée leur assimilation. Cela est si vrai que les groupes juifs les moins assimilés, orthodoxes, hassidim (encore massivement yiddishophones), Ouzbeks, Perses, Syriens ou encore Russes de Brighton Beach, sont aussi les moins gagnés à l'impératif de décence.

Puritaine et blanche est l'institutionnalisation de la culpabilité blanche ; puritaines et blanches, ces séances de confession collective où, plus blancs que blancs, des « *white males* » agenouillés demandèrent pardon pour les fautes de leurs aïeux au printemps 2020. Car il n'est rien de plus blanc, au fond, que de faire ainsi de la race le paradigme central de la pensée – de la race plutôt que de la liberté, celle des femmes notamment ; de la race plutôt que de la chair : le féminisme intersectionnel, qui sur l'autel de la première sacrifierait la seconde – le clitoris dont il se refuse à dénoncer la mutilation quand c'est au sein d'une minorité raciale qu'elle est pratiquée, ou la *divine* liberté d'exhiber ses jambes et de *faire bander les hommes* – est, malgré qu'il en ait, aussi blanc que le Ku Klux Klan en étant souvent à peine moins raciste.

Les bonnes mœurs, dont on retrouve l'impératif dans la rhétorique libérale et féministe, sont, de même, un produit du puritanisme et de la blanchité. L'obsession de la sécurité l'est tout autant : le *safe space* étend au discours et aux sentiments des minorités l'idéal de tranquillité du banlieusard et, au-delà, l'aspiration du chrétien évangélique à vivre *safe and secure* auprès de son Dieu. Lorsqu'en 2015 les étudiants de Brown, à Providence, « traumatisés » par la présence sur leur campus d'une journaliste dont les propos les offensaient sans même qu'ils en eussent directement pris connaissance, demandèrent qu'en compensation l'on mît à leur disposition une salle avec coussins, livres à colorier et vidéos de chiens gambadant dans une prairie – une garderie en somme –, ils ne faisaient qu'adapter à leur situation et à leurs propres valeurs une certaine niaiserie blanche et évangélique.

Il n'est pas jusqu'à l'égalité qui, telle qu'on la conçoit dans la culture américaine – se jouant entre contractants aux droits *impeccables* –, ne soit essentiellement puritaine et anglo-saxonne : elle ne doit en tout cas rien au noble héritage des populations natives, aux cultes magiques des Africains déportés ou à l'honneur latin.

Le souci sanitaire, porté à son comble comme il peut l'être aux États-Unis, provient du même éthos, l'hygiénisme transposant dans le champ corporel la hantise du péché originel. L'hygiénisme moral, qui désigne d'un côté les personnalités « toxiques », de l'autre les « *healthy (sexual) citizens* », indique la même origine puritaine. Le langage de *MeToo* est ainsi celui de la Prohibition, ce qui, dans un pays où l'alcool est toujours interdit au-dessous de vingt et un ans, n'est pas si étonnant. Le politiquement correct n'est pas une idéologie mais une façon d'être, de sentir, de manger, de marcher ou de tenir ses couverts, un certain ton de voix, et bien des gens qui le dénoncent y participent donc en fait. L'élite américaine est metooïste parce qu'elle est germaphobe, et elle est germaphobe parce qu'elle demeure obscurément calviniste. Elle est progressiste, certes, mais par hygiénisme – et hygiéniste par progressisme.

Pourquoi personne ou presque n'a-t-il vu, à ce propos, qu'une semblable « germaphobie » rassemble justement Donald Trump – qui s'en targue devant les journalistes avec sa fierté d'imbécile – et les parents new-yorkais (ceux-là mêmes qui clament que ce père de famille, new-yorkais comme eux, n'est « pas leur président ») assénant aux pauvres créatures, par eux mises au monde, que toucher la barre du métro les mettrait en danger ? Qu'entre le mur qu'il érigea pour préserver son pays de la contamination latine, et le mur de l'indifférence sociale, il y a un continuum, celui de la haine puritaine ? Une haine qui, dans les deux cas, prend pour objet les racines, l'origine, le tréfonds : le Texas et la Californie furent mexicains avant de devenir « américains », et s'il y a « grand remplacement », il ne s'opère donc pas dans le sens désigné par le tueur d'El Paso en août 2019. Les Mexicains d'El Paso sont chez eux.

Dans son *Éloge de l'ombre*, Tanizaki décrivait les lois raciales américaines comme l'expression d'un rapport esthétique à l'ombre et à la lumière. Le Noir est, aux yeux de l'Américain blanc, un être *obscur*. « La tache que représente dans une assemblée la présence, ne fût-ce que d'une ou deux personnes de couleur, devait incommoder d'une certaine façon ceux d'entre les Blancs qui étaient affligés d'une sensibilité exacerbée. » Mieux, ajoute l'écrivain japonais, les racistes du temps de la guerre de Sécession « n'avaient de cesse qu'ils n'eussent traqué la moindre trace de sang noir chez ceux qu'ils classaient en demis, quarts, huitièmes, seizièmes, voire trente-deuxièmes de sangs mêlés. Leur œil exercé repérait la moindre nuance de couleur cachée dans la peau la plus blanche. » Aux yeux de ce peuple, la peau du Noir, et peut-être surtout du métis, serait comme entachée d'ombre. J'ajouterais qu'au-delà, tout ce que l'Amérique espère à présent, c'est la lumière, et tout ce qu'elle hait, elle le hait parce que de l'ombre l'environne. La chair et le désir sont mystérieux, inconnaissables, mais quand un jeune Américain vous parle de sexe – ou, mieux, de *sexualité* – tout est clair. Aussi, quand même il le ferait en prêchant la « non-binarité » ou la « fluidité de genre », vous croyez souvent entendre discourir un agent d'assurances.

Le puritain projette cependant de moins en moins sur la figure évidente du Noir – ou de la femme – les affres de sa conscience et sa peur du chaos. Le Noir était jadis le visage du péché ; c'est désormais le Blanc. La femme ; aujourd'hui, c'est l'homme. Mais que le puritanisme s'en prenne au phallus ou au vagin, c'est toujours à la chair qu'il s'en prend ; et c'est la même idée de *malédiction* qui le pousse à damner une famille humaine ou une autre.

Je concède à la droite que, pour comprendre la *cancel culture*, l'influence de la pensée postcoloniale, avec la critique saïdienne de l'orientalisme (du regard « objectivant » que cette discipline aurait eu sur un monde arabo-musulman *essentialisé*) n'est pas à négliger : un étudiant américain peut ignorer jusqu'aux noms de Kafka et de Welles mais il aura certainement lu Fanon et peut-être vu *La Bataille d'Alger* plusieurs fois.

En outre, si l'orientalisme est critiqué, l'« occidentalisme » va de soi : il n'y a pas d'*essence* de l'Orient mais l'Occident, lui, en a une, et elle est honnie. Rien d'étonnant à ce que le même étudiant ignore l'existence des traites esclavagistes arabes ou africaines, ou à ce qu'il s'imagine naturellement que la Turquie, la Perse, la Chine, puissances hautement impérialistes – souvent jusqu'à la barbarie –, furent à un moment des colonies de l'Europe. L'un de mes amis, d'origine ghanéenne, scandalisa un soir ses hôtes en soutenant que, si les Blancs devaient des réparations aux Noirs, il serait heureux d'y contribuer lui aussi : ses ancêtres avaient vendu des esclaves, accumulant une richesse dont il estimait avoir profité, ce qui n'était en revanche pas le cas de millions de Siciliens, d'Irlandais, de Juifs polonais dont les descendants défendaient pourtant le principe de ce dédommagement comme s'ils étaient concernés. Pas une seule personne autour de la table – et il ne manquait pourtant pas, ce soir-là, de diplômés de la Ivy League et de lecteurs du *New Yorker* – n'était consciente que ces misérables Noirs arrachés pendant trois siècles à leurs familles et jetés sur le sol américain, il avait bien fallu, en effet, que d'autres Noirs, guerriers, roitelets ou empereurs, les vendissent aux négriers blancs. Mon ami passa pour fou.

Du reste, il est au préalable entendu que toute position de pouvoir – celui non seulement d'asservir mais aussi de désirer ou de « posséder » un autre corps, voire de regarder et de décrire – est réputée coupable. Il y a bien, à cet égard, une forme de rousseauisme dégradé dans le politiquement correct. L'Américain croit volontiers, j'y ai fait allusion, que « tout est construit », et cette prétendue artificialité, il s'en défie. La société et ses conventions ont pour lui remplacé ce qu'était l'état de l'homme après la chute pour leurs pères calvinistes : le pouvoir n'existerait pas dans la nature, il se surajouterait plutôt à elle, indice de notre damnation. Et avec ce maléfice, le beau et le laid, la grâce ou le bon sens, l'enfantement, le sexe, tout serait à « déconstruire » car rien n'existerait par soi, l'homme de la nature étant finalement moins qu'un animal : une table rase, une pierre inerte. Pour Foucault, on le sait, c'est la sexualité « qui a suscité comme élément spéculatif, nécessaire à son fonctionnement, la notion de sexe », le sexe n'existe pas, la nature n'est donc rien et l'histoire tout.

La première chose qu'on apprend dans l'université américaine, foucaldisme du pauvre, est d'identifier un *stéréotype* : un poème, un roman n'est qu'un assemblage de figures à détricoter, sa valeur heuristique, esthétique ou simplement existentielle n'est rien – à moins bien sûr que l'auteur puisse se prévaloir d'un statut de « subalterne ». C'est la suspicion de toutes les évidences et de toutes les vérités simples, la haine de tout usage reçu, l'arrogance du cynique à qui on ne la fait pas, ricanant face à la coutume.

Néanmoins, cette attitude même provient du déni blanc de la chair. La négation des grands phénomènes structuraux, de l'inconscient par exemple, des archétypes, renvoie à une obsession sociologique, mais cette obsession, que dit-elle sinon la peur d'une réalité antérieure aux déterminations sociales ? Sinon l'effroi éprouvé devant l'expérience primale du corps ? Qui voudrait croire que tout est construit excepté celui à qui la chair fait horreur ? Celle ou celui qui sait en jouir ne se dit pas que son corps est une construction sociale. Et c'est bien parce qu'il lui est un fardeau – qu'elle traîne une morbide obésité ou qu'elle surveille au contraire chaque livre en trop sur la balance – que la féministe américaine pense comme elle le fait.

L'influence de la *French Theory* me semble donc relativement minime. On ne peut comprendre la réification actuelle de la culture – le fétichisme identitaire en particulier – qu'en tenant compte de la dimension sacro-sainte du *mien* et du *tien* dans le système de valeurs WASP. Éric Marty, dans *Le Sexe des modernes*, fait remarquer que la théorie butlerienne est empreinte d'un néolibéralisme implicite. Il arrive que la propriété soit comme une extension de la chair – quand on hérite, par exemple, d'une maison familiale, qu'on acquiert une œuvre d'art, ou qu'on se bat chaque jour pour nourrir les siens. La théorie butlerienne fait au contraire *du corps une extension des biens*, un bien parmi d'autres. Si la déconstruction a trouvé un si large public dans les universités américaines, c'est que l'individu y est roi, et que l'arrogance de chacun se mêle, comme dirait Montaigne, « de choisir et de changer ». Parce que l'effacement de l'individu et de ses misérables prérogatives est la crainte sur laquelle est fondée la morale du capitalisme américain, du capitalisme blanc, les minorités jusqu'à récemment marginalisées par lui, ayant enfin gagné l'élite diplômée, se répandent en récriminations qui leur servent à peu près toujours à marquer leur territoire comme le fait chaque dimanche en tondant sa pelouse le Ned Flanders du Connecticut. Et parce qu'elle fige plutôt qu'elle ne brise les limites – *surconstruisant*, on va le voir, plutôt qu'elle ne déconstruit – la neutralité désormais prônée fait obstacle, non seulement à une entreprise de déconstruction véritable, mais encore à l'émergence d'une véritable et salutaire *contre-histoire* – qui eût bien sûr été celle de la chair.

L'étonnante aseptisation du discours de gauche se confond avec celle des grandes villes. L'interminable uniformité de la banlieue nous engloutit tout un continent, le monde entier peut-être. Il fut un temps où la ville et la banlieue américaines s'opposaient en ce que la première, jugée malsaine et dangereuse, était comparée à une *jungle* : la civilisation, c'était la banlieue. Giuliani vint, ce maire républicain dont les libéraux de

New York admiraient récemment encore le « bon travail » et qui voulait faire de sa ville un grand *suburb*, reléguant ses misérables à quelques zones de délabrement extrême, entourant ses riches d'une clôture de caméras, de gel hydroalcoolique et de sucre glace. Le procès que la gauche américaine instruit contre la chair n'est que l'extension à l'intimité de ces mœurs de taupinière.

L'Amérique du Code Hays triomphe ainsi de la licence et du luxe hollywoodiens ; l'Amérique policée, de l'âpreté du cow-boy et du pionnier ; l'Amérique méthodique des banques et des assurances, des chamanes à demi indiens des Ozarks ; l'Amérique anglophone, de son substrat hispanique et mexicain ; l'Amérique des ligues protestantes de vertu, de tous les dérèglements charriés par l'immigration catholique, méditerranéenne et juive ; la froide, la maigrichonne Amérique blanche, de la sensualité noire, de l'impureté mulâtre, de la sauvagerie des Apaches et des Cheyennes ; l'Amérique des lynchages, du sifflement d'Emmett Till ; l'Amérique des *tubes*, de celle des ballades et des blues ; l'Amérique de la banlieue sans histoire(s), de celle des turbulences urbaines. Et non seulement l'idée de révolution n'y est pour rien, mais elle s'en trouve encore essentiellement bannie.

*

Dans *L'Invasion des profanateurs de sépultures*, la fabuleuse dystopie de Don Siegel (inspirée d'un roman de Jack Finney) sortie en 1956, des forces extraterrestres

« s'incarnaient » dans une petite ville de la côte Ouest et la soumettaient ainsi complètement. S'emparant des corps, des souvenirs, des existences de ses habitants, elles subvertissaient du même coup l'ordre ancien, trop désordonné, au profit de leur propre survie – harmonieuse à en glacer le sang. Les *pod people*, des êtres extraterrestres absolument dépourvus de toute vie intérieure et même de toute chair, que seul un machinal et égoïste instinct de conservation rattache encore assez puissamment à la vie, remplacent alors incognito l'humanité que nous connaissons, violente *parce que* ou *quoique* aimante. En 1978, un remake de ces *Profanateurs* en « modernisait » l'histoire tout en la transposant en plein San Francisco : la couleur et le gore y effaçaient les ténèbres de la version de Siegel, mais la cible avait également changé, car en leur commun prophétisme les deux cinéastes, Siegel et Kaufman, semblent ne pas avoir vu le monstre de fer-blanc (ou de plastique) prendre forme au même endroit. En effet, Staline venait à peine de mourir en 56 : en 78, c'est l'Union soviétique qui s'apprêtait à vivre sa dernière décennie. Quant à l'Amérique libertine, balbutiante à l'époque des premiers *Profanateurs*, elle atteignait, vingt ans après, la fleur de son âge. Et ce que les bolcheviks n'étaient pas parvenus à faire, le capitalisme allait, lui, l'accomplir sans encombre.

On s'était demandé si Finney et Siegel visaient le communisme ou le maccarthysme : le film de Kaufman, qui réunit ces deux ennemis à un troisième, le camp hippie embourgeoisé, dit assez qu'une même mièvrerie les anime tous, qu'au fond, il importe peu de les distinguer.

Et tout se passe donc comme si les seconds *Profanateurs* nous disaient : non seulement les *pod people* ont gagné, mais s'ennuyant dans leur banlieue, c'est au cœur du Hippieland, dans la patrie de la cannabis et des *gay bears*, qu'ils sont venus s'installer[5].

L'un des moments les plus mémorables des seconds *Profanateurs* oppose l'héroïne à l'un des extraterrestres. *Je vous hais*, lui dit-elle. Apathique, il lui répond que lui ne la hait pas : il n'y a plus de haine désormais. Ni d'amour. *No need for hate now... Or love.* Pour la première fois, l'homme connaîtra la paix. Cet ami qui réclamait de pouvoir contribuer aux réparations des descendants d'esclaves m'assura un jour qu'il n'avait jamais su se faire aimer d'une femme américaine. « Elles ne *savent* pas aimer, disait-il, parce qu'elles ne savent pas *haïr*. » Ce que Kaufman a vu, c'est que dans l'utopie non violente des hippies, se trouvait en germe l'annulation de la vie – de l'amour comme de la haine, qui sont non seulement des sentiments violents, mais encore des sentiments jumeaux, nés du même sol et se nourrissant l'un l'autre.

Ces hippies, toutefois, voulaient au moins exulter sans entraves. Leur gnosticisme libertin démentait la raideur blanche. Ils ne demandaient la permission, ni pour draguer, ni pour effleurer une cuisse...

> Join the holy orgy
> Kama Sutra
> Everyone !

Les *pod people*, leurs enfants ou petits-enfants, ont transformé leur subversion – dont ils ont gardé les dehors – en une nouvelle stabilité. Leurs pratiques sexuelles sont peut-être aussi libres que dans les années 60 mais elles sont réglées, d'une liberté elle-même calculée. Ce qu'ils exigent surtout, ce sont de bons « partenaires » avec lesquels ils formeront « *a good team* », une bonne équipe. Réponse blanche à la révolution permanente de la chair : le partenaire plutôt que l'amant, comme dans un cabinet de conseil.

Après le sombre augustinisme des années 70 et 80 – qui affleure notamment dans le cinéma du Nouvel Hollywood – tout se passe comme si nous étions revenus au *sola fide* des hippies, mais dépouillé de sa joie, privé de toute folie, réduit à la revendication reebokienne d'être ce que l'on est et à quelques pragmatiques recettes de plaisir.

La liberté sexuelle n'est plus, dès lors, qu'une manière parmi d'autres pour les *pod people* de subsister – d'une vie lamentable et exsangue mais peut-être plus pérenne de son anémie même.

Mièvrerie technologique

> « Mais il savait bien que, quelque conservateur qu'il fût devenu, et quoiqu'il en fût venu à croire que les moelles et tendons de la création s'enchevêtraient parmi les racines amputées du passé, il était toujours révolutionnaire : le conservatisme avait été détruit par les conservateurs eux-mêmes avec leurs corporations, à coups de plastique, de publicité et de technologie. »
>
> Norman MAILER, *Prisonnier du sexe*

La montée de la neutralité est corrélée à l'aplatissement des corps sous les coups de la technique. L'inhumanité des *pod people*, c'est à la fois notre soumission aux fétiches de plastique, d'acier ou de coltan, le nouveau puritanisme et l'aseptisation de la vie sociale et urbaine. La technique, prométhéenne en son essence, devait nous libérer de la fatalité : elle nous asservit. Mortifère, la machine est une idole. Elle est le contraire des liens de chair, imitât-elle la vie par tous les moyens :

Zola a fait de son Jacques Lantier, le fils de Gervaise, un demi-impuissant et un assassin en même temps que l'amant d'une locomotive. À notre époque, bien plus avancée, une même logique unit l'algorithme des rencontres électroniques et la neutralité du laboratoire vers lequel on se tourne pour procréer, la loi des robots et jusqu'au contrôle des empreintes digitales : l'avènement du clonage n'est pas loin et je vois mal au nom de quoi il restera possible de s'y opposer dans cinquante ans.

Tout se passe en fait *comme si le corps avait vaincu la chair* : le corps cyborg, le corps technologique ou simplement ramené à sa réalité chimique – dans tous les cas le corps comme machine bien huilée, contre l'énergie, la violence, la divine imperfection de la chair. Le corps assaini et *neutralisé*, à l'image des murs de verre des grandes corporations. Le sujet de l'ère électronique se sature la peau de désinfectant ; les yeux de télérencontres et de vignettes vaguement sexualisées que ses doigts feront ensuite glisser avec la régularité d'une bande transporteuse, de fantasmes préfabriqués ; les boyaux d'une viande obtenue au prix d'indicibles souffrances mais neutralisée par le plastique du supermarché, ou bien conçue artificiellement ; la langue de formules toutes faites, de plastique elles aussi, sans goût ni force. Ce sujet-là est décharné, à bout de souffle. Son sang affadi ne vaut pas même celui d'un mort.

Les robots, après avoir dépouillé l'homme de son travail, rendront bientôt la peur obsolète, et l'amour avec elle, et puis le monde entier. Par les écrans, un univers semble s'offrir à nos doigts et à nos esprits, mais ils rendent nos visages indistincts et distants. En même temps, ils font du temps et de l'espace deux unités homogènes auxquelles ils demandent à tout instant raison. La cité, enfin, est devenue une grande chambre d'hôpital où chaque malade semble finalement bienheureux du lit qui lui est assigné, pourvu qu'il ne souffre pas trop et puisse parfois – sans le quitter – franchir les contrôles d'un aéroport de son choix et s'envoler, pour un week-end ou une semaine, dans quelque nouveau lieu à « faire ». Encore cela est-il surtout valable pour les hospitalisés européens ou chinois : les Américains ne voyagent pas.

« Leur énergie est morte », s'écriait Mellors au sujet de ses frères de classe. « Les autos, les cinémas, les aéroplanes leur sucent tout ce qui leur reste. Croyez-moi : chaque génération engendre une génération plus abâtardie, avec des tubes de caoutchouc en guise de boyaux, et des jambes et des visages de fer-blanc ! Tout le monde moderne n'a qu'une idée, au fond, c'est de hacher le vieil Adam et la vieille Ève en chair à pâtée. » Le vieil Adam et la vieille Ève étaient de chair, de sang : c'est cette chair et ce sang qui offensent nos narines de « civilisés ». Qu'on veuille les contraindre par la violence, ou parce qu'ils sont eux-mêmes violence. Il y a à cela quelque raison : que de peines en effet y a-t-il à être chair ! Le plastique, lui, au moins, ni ne souffre ni ne fait souffrir. Pour Mellors, la technique asservissait la chair. Un siècle a passé et force nous est d'opiner à ses craintes.

⋆

La première direction indiquée par le machinisme est celle de la discipline – au sens où Foucault entendait ce terme. L'hygiénisme combiné à la surveillance, puis aux réseaux sociaux, a créé une nouvelle espèce d'êtres, aussi indifférente à la liberté qu'à la pudeur, hostile au secret comme au risque. Les chapitres dont se compose le volet le plus récent du procès de la chair sont ainsi ceux d'une vaste sanitarisation technologique.

Est-ce là qu'il faut chercher la raison pour laquelle les jeunes générations se montrent si dociles aux règles ? La technologie et la surveillance, l'impératif de sûreté les ont-ils endormies ? Certains parents d'adolescents se disent désarmés devant cette faculté d'obéissance qu'ils n'ont, eux, jamais montrée. Aux États-Unis, j'ai vu des jeunes de quinze ans expliquer à des quadragénaires qu'il était très grave de ne pas porter correctement son masque chirurgical, fût-ce en pleine rue, de boire de l'alcool au-delà d'une dose raisonnable, de fumer – ou de faire l'amour avec quelqu'un de plus âgé. En faisant passer ses leçons, à coups de Powerpoint et d'accents doucereux, pour de l'égalitarisme, de l'écologie et que sais-je encore, la discipline contemporaine pénètre ces jeunes esprits d'une manière que les maîtres d'autrefois, avec leur férule et leurs gifles, n'eussent jamais crue possible. Quoi de plus commode, pour faire d'un humain un robot, que de le prendre, pour commencer, par les sentiments ?

Nous ne voulons plus que l'*immunité*. Cela commença d'ailleurs avec l'épidémie de sida, et le prélude de l'herpès dans les années 80. Le choc du 11 septembre 2001 et l'instauration du *Patriot Act* créèrent l'utopie d'un monde étanche. Aux États-Unis, l'affaire Lewinsky, en jetant le discrédit sur les enfants de la Révolution sexuelle, avait aussi constitué un jalon important de cette lente montée disciplinaire. *MeToo* et l'épidémie de coronavirus en furent le double couronnement. En contrepoint, une autre ligne de faits, directement liés à l'évolution technologique : en même temps qu'elles se dotaient d'une « *policy* » sexuelle de plus en plus intrusive, miroir de celle des universités, les grandes entreprises de la Silicon Valley ont pris l'habitude d'offrir à leurs employées de congeler leurs ovocytes. On exploite plus encore les intelligences, la force de travail et la nature, on *annule* tranquillement la chair, mais en se faisant passer pour le gentil de l'histoire.

Du *Patriot Act* à *MeToo*, l'on vit s'opposer aux États-Unis une « vieille » génération fière encore de sa vigueur charnelle, prête à faire la guerre et à défendre coûte que coûte (quitte, hélas, à s'inventer quelque menace éloignée) son territoire et le prestige de la nation ; et la « jeune », déjà neutralisée, hostile à la *pénétration* du territoire d'autrui, mais d'une hostilité qu'elle s'efforcerait de ramener, par esprit de pénitence, à son intimité et à son quotidien. Elles se sont accordées, ces deux générations, dans une commune passion policière, dans une célébration totalitaire de la sécurité, la seconde ne mesurant pas à quel point, dans sa révolte superficielle, elle restait collée aux basques de la première. Et lorsqu'une ménagère de Manhattan appelle la police parce qu'un ornithologue noir a osé lui adresser la parole alors qu'ils étaient seuls dans Central Park, elle manifeste, non moins qu'un racisme maladif, le même instinct sécuritaire, celui, encore, des étudiants de Brown et du féminisme répressif.

Chez les jeunes « bien élevés », c'est-à-dire élevés dans le monde neutre du *Patriot Act* puis des applications, c'est un même et unique déni de l'amour et de la haine – la peur de la mort et le dégoût de la chair, le refus morbide de tout danger. Jodie Foster a réalisé un épisode de la série *Black Mirror*, « Arkangel », où une mère qu'obsède la sécurité de sa fille, lui fait greffer un implant cérébral relié à un écran par lequel elle peut surveiller ses moindres faits et gestes, et surtout brouiller toute image et tout bruit qui pourraient être chez l'enfant cause de malaise. Je ne connais pas une mère, pas un père qui n'ait trouvé cette histoire épouvantable : parmi tous ces gens qui frémissent, combien, pourtant, ont « offert » à leurs marmots un téléphone portable par lequel ils peuvent exercer sur leurs corps une emprise dont leurs propres parents, dont leurs grands-parents, quelque autoritaires qu'ils fussent, n'avaient jamais rêvé ?

Cette discipline est partout. À chaque fois que je passe les contrôles aéroportuaires, mon sang se glace. Si, d'un côté, l'on se refuse à franchement faire la guerre aux ennemis de l'humanité effectivement visés par ces contrôles, de l'autre côté, notre rapport à la sécurité est devenu paranoïaque. Des centaines de millions de personnes inoffensives se retrouvent pour cette raison à la merci de pouvoirs sachant d'elles des choses que, par principe, elles n'eussent jamais dû leur livrer. Et si ces pouvoirs se métamorphosaient un jour en forces despotiques comme cela est arrivé dans le passé, ils seraient alors en mesure d'exercer sur elles et leurs descendants une domination inédite, totale et dévastatrice. Dès à présent, la brutalité restée tapie à la porte de notre enfer mièvre s'y faufile d'ailleurs dès qu'elle en a l'occasion. L'extrême brutalité de notre police, celle, plus encore, de la police américaine, en font foi : le meurtre de George Floyd résulta, certes, d'un racisme rémanent, malédiction de ce pays, mais aussi des droits exorbitants donnés aux forces de sécurité.

Que l'on me donne de décider, je préfère encore le risque de mourir des mains d'un terroriste, et même que ceux que j'aime encourent ce danger, à celui d'être surveillé dans mes moindres faits et gestes par un régime devenu, dans dix ou cinquante ans, totalitaire, perspective que l'impérialisme chinois rend du reste tout à fait plausible : c'est donc par prudence et par méfiance envers le joug d'acier des États que j'écris cela – et par amour envers les miens.

De même, je préfère voir dix innocents tués aujourd'hui, à une surveillance généralisée demain à des millions, voire des milliards d'autres innocents. Rien ne m'est plus odieux que le « despotisme doux » annoncé par Tocqueville, car il est une chose qu'en fait il n'avait pas vue : ce despotisme était la promesse, non seulement de l'immolation de notre libre arbitre, mais encore d'une cruauté décuplée le moment venu ; que du contrôle démocratique surgiraient, en un mot, stalinisme et nazisme. Combien plus devons-nous craindre aujourd'hui une égalité étendue à la terre entière, opérée par la robotisation presque achevée de nos corps et de nos instincts, entretenue par un pouvoir technique suprême et inquestionné !

La fin de la liberté est l'une des conséquences nécessaires, constatables chaque jour, de l'idéal sécuritaire et du quadrillage de l'espace. François Sureau note dans *Sans la liberté* combien cette valeur dont sa génération « avait pris l'amour dans la littérature », la parant « de tous les prestiges », est aujourd'hui passée de mode. La retraite – de l'ermite ou de l'amante –, le mystère, la farce, la simple improvisation, sont devenus impossibles : frappe-t-on encore à la porte d'un ami, de nos jours, sans avoir *planifié* longtemps à l'avance de se retrouver ?

La droite, qui n'est conservatrice que pour nous assommer à peu de frais d'identité et de patrie, de sécurité justement, ignore que dans le passé – auquel elle se prétend attachée – l'on pouvait voyager bien plus librement qu'aujourd'hui. Le passé est cosmopolite, et ces règles « compliquées », comme dit Tocqueville, qui nous assaillent à tout instant, n'existaient pas avant l'avènement de la modernité industrielle. Du temps même de la première industrialisation, il y eut un moment où l'on s'était dispensé des passeports, de l'ancêtre fort rudimentaire des petites machines de papier sans lesquelles nous ne sommes désormais plus autorisés à nous déplacer. C'est ainsi que Zweig voyagea aux États-Unis et Bernanos soulignait après la guerre qu'à cette époque-là, « le premier venu pouvait faire le tour du globe avec une simple carte de visite dans sa poche, et qui portait même parfois un autre nom que le sien ».

Les essais de Bernanos, rare exemple d'un conservateur cohérent, proposent une dénonciation radicale du totalitarisme compris comme domination de la Machine, et l'on voit chez ce royaliste se dessiner un système robuste, quoique évidemment contestable, où se lient rejet du tout-puissant État moderne et valorisation des libertés d'antan. Il écrit dans *La France contre les robots* : « Il y a vingt ans, le petit bourgeois français refusait de laisser prendre ses empreintes digitales, formalité jusqu'alors réservée aux forçats. Oh ! oui, je sais, vous vous dites que ce sont là des bagatelles. Mais en protestant contre ces bagatelles le petit bourgeois engageait sans le savoir un héritage immense, toute une civilisation dont l'évanouissement progressif a passé presque inaperçu, parce que l'État Moderne, le Moloch Technique, en posant solidement les bases de sa future tyrannie, restait fidèle à l'ancien vocabulaire libéral… » Non, il n'est pas vrai, poursuit-il, que « le criminel seul trouve avantage à se cacher » – argument que l'on entend encore de nos jours mais qui a d'autant plus de poids qu'il s'agit d'un texte écrit à une époque où « depuis vingt ans, des millions d'hommes, en Russie, en Italie, en Allemagne, en Espagne, ont été ainsi, grâce aux empreintes digitales, mis dans l'impossibilité non pas seulement de nuire aux tyrans, mais de s'en cacher ou de les fuir ». Et encore, à ce propos, si les tyrans en question avaient eu les moyens de contrôle qu'ont aujourd'hui les États, démocratiques ou non, les quatre enfants d'alors qui ont survécu à la guerre et à la barbarie nazie pour devenir les parents de mes parents auraient évidemment péri – et je n'écrirais pas ces lignes.

Mais peut-être que l'essentiel n'est même pas là. Peut-être que l'essentiel est que notre dignité d'hommes réside justement dans la pudeur, dans le refus de se livrer. Dans le Neutre – ici, la possibilité du retrait et même celle de la mort, le silence et l'ombre – qu'il faudrait opposer à la neutralité – soit à la pleine lumière, à la propreté impeccable. Hélas, concluait Bernanos, « l'idée qu'un citoyen, qui n'a jamais eu affaire à la Justice de son pays, devrait rester parfaitement libre de dissimuler son identité à qui il lui plaît, pour des motifs dont il est seul juge, ou simplement pour son plaisir, que toute indiscrétion d'un policier sur ce chapitre ne saurait être tolérée sans les raisons les plus graves, cette idée ne vient plus à l'esprit de personne ». Ça n'en est, bien sûr, que plus vrai de nos jours, où rien n'échappe à personne, où par la conjonction de l'internet et de la surveillance étatique, plus rien de notre passé ne passe, où à chaque instant l'on demande à chacun de rendre raison d'où il va et de qui il est : nous vivons comme en un état de guerre permanente et totale, les techniques de la prison et de la caserne étant étendues à tous.

À une humanité jalouse encore de la multiplicité de ses visages, il faut certes des frontières, mais il faut aussi – et pour la même raison – qu'il soit possible de les franchir. Le problème, loin de résider dans la frontière elle-même, c'est bien plutôt le contrôle inflexible qui supplée son évidence. Ou, pour le dire autrement, le *remplacement* de la frontière par le contrôle, un peu de la même manière que dans l'éducation « non-violente », la possibilité du châtiment est remplacée par la surveillance intempestive et castratrice de l'enfant.

Reste que c'est bien la droite qui a voulu abolir, par sa passion du gain et sa mièvrerie sécuritaire, par son nationalisme provincial, les vieilles alliances, les paysages et les sensualités d'antan. L'Arioste reprochait déjà aux princes de son temps d'avoir liquidé l'honneur et les valeurs chevaleresques par l'usage des armes à feu et de l'artillerie ; les tranchées de 14 ont englouti un monde où survivaient courtoisie et liberté : son sang, certes, était infecté, sans quoi ces tranchées n'eussent jamais été creusées, il l'était notamment par la brutalisation exercée aux colonies et par la poussée, en Europe – la courtoisie ne suffisant pas et la claustration sexuelle enflammant forcément les chairs – d'un sourd désir de destruction. Tout de même, on y était au moins libre d'aller et de venir, et les Boëldieu y dînaient avec les Rauffenstein, parlant avec eux, sans se demander si cela faisait d'eux de moins bons Français, dans leur plus bel anglais. La colonisation elle-même, aussi odieuse qu'elle fût au regard des droits humains et de ceux des nations, permettait un métissage culturel dont les *Femmes d'Alger* de Delacroix, le turban de Flaubert comme le haschisch de Baudelaire, le titre même des *Nourritures terrestres* ou l'architecture, avenue de l'Observatoire, de l'École nationale de la France d'outre-mer, témoignent toujours. Elle fit la France, par là même, plus grande et plus française[6]. Il fallut attendre le siècle nouveau pour que, de l'impérialisme, germent progressivement la volonté de s'anéantir les uns les autres, et surtout celle de n'être plus que *ceci* ou *cela*, un Français, un Allemand, un Italien. Cela commença d'ailleurs dans l'Empire ottoman, l'un des plus cosmopolites et polyglottes, car si l'impérialisme peut être effroyable, il est en même temps coextensif à la civilisation et tous les grands peuples s'y sont adonnés, le turc peut-être plus qu'aucun autre : le XXe siècle, en le châtrant de sa diversité, devait rendre cet impérialisme-là singulièrement exterminateur.

Les États puis les corporations n'ont fait, depuis lors, que neutraliser le vivant sous une décharge de slogans et de règles ineptes, parfois aussi de balles bien réelles. « Si les mœurs laissent à l'homme quelque liberté, c'est l'État qui le contraint. Si l'État ne l'opprime pas, ce sont les mœurs qui tentent de le modeler », écrivait Zweig dans *Le Monde d'hier*, se remémorant, en plein triomphe nazi, la Belle Époque, libre mais hypocrite, de sa jeunesse. Nous sommes revenus au dressage qu'il fustigeait, mais l'État ne veut pas être en reste et multiplie lois et mesures de surveillance pour assurer un confort que tous demandent. Contrairement à ce que craignait Bernanos, le marxisme n'aura pas été le stade ultime du capitalisme mais, semble-t-il, une incise dans l'histoire de la robotisation de l'homme. À moins, et cela reste hélas possible, que le modèle de Xi Jinping – qui, sur fond de culture maoïste et de technicisme radical, mêle capitalisme d'État et capitalisme tout court – ne triomphe et s'étende dans les années à venir au reste du monde.

En Europe comme en Amérique ou en Israël, les plus fervents adeptes de la Machine sont les conservateurs les plus véhéments, preuve s'il en fallait que les grands parleurs ne sont pas les grands faiseurs : c'est même l'inverse, tant est faux l'attachement de ces gens à la beauté du monde. Ainsi est-ce le dictateur hongrois qui prône, au nom d'un racisme forcené, la généralisation de la procréation artificielle : que l'on nous fabrique le plus de petits Hongrois possible ! Et le même, par lâcheté – tout comme ses amis français –, se montre aussi prêt à vendre son pays au gouvernement de la Chine populaire, qui s'apprête à lui construire une université en plein Budapest : il lui est pourtant bien facile de le défendre face à quelques Africains affamés… Voilà ce qui s'appelle, paraît-il, être de droite, mais je ne vois nul conservatisme dans cette basse prostitution. Cette droite-là, qui a exécuté, et continuera de le faire, le monde infiniment *traversable* de Zweig, de Casanova, de Chateaubriand ou d'Hugo Pratt – enfermant nos chairs dans une prison de verre, d'acier et de fichiers informatiques –, n'a qu'un vernis de conservatisme : elle n'en a ni l'âme ni le cœur, n'ayant de toutes les manières ni âme ni cœur.

Neutralité

> « Car il y a des eunuques qui le sont dès le ventre de leur mère ; il y en a que les hommes ont rendus tels ; et il y en a qui se sont eux-mêmes faits eunuques pour le Royaume des Cieux. Que celui qui peut comprendre comprenne. »
>
> Évangile selon MATTHIEU

Quoiqu'elle prétende l'aimer, et mieux qu'aucune autre avant elle, notre époque refuse le donné du corps. Les corps amples, gorgés de suc, de Rubens et de Rembrandt, qui s'épanouissent sans honte en une maturité de pêches mûres, les chairs felliniennes, grasses et mystiquement fardées, choquent le rigorisme athlétique. Le corps contemporain, obèse ou décharné, ou bien assujetti, modelé, ligaturé, défolié à la salle de sport, plastifié par la chirurgie et les injections de botox, enivré de sodas et de substituts alimentaires, ce corps-là n'a plus rien d'humain.

Le vocabulaire de la beauté contemporaine est réduit à quelques syntagmes, dont le charisme de l'âge

– surtout de *la femme âgée* – ne fait pas partie. Et le pouvoir de la laideur – comme disait Mirabeau de lui-même – qui, quand elle est intensément grotesque ou qu'elle possède quelque méduséenne étrangeté, participe du beau à sa manière, est semblablement méconnu. Ceux qui croient encore à la beauté l'envisagent comme perfection olympique : l'antique, le divin effroi dionysiaque se voit contraint par les nouveaux codes artistiques, ceux en particulier d'un cinéma voué soit à cette perfection, soit à une empathie mièvre. Du même coup, le glamour – la beauté apollinienne, qui s'élève du dionysiaque comme un parfum de la résine que l'on brûle et distille – est également refusé. Le sublime et le grotesque, son fond souterrain, sont matés par les mêmes armes. Dans les deux cas, c'est un *excès* que l'on met au pas, et la manie de l'égalité, de l'équilibre, dit non à la vie. Dans les deux cas, on pile net devant le donné de la chair.

L'on ne comprendra jamais rien à l'éruption de la neutralité sans avoir pris en considération toutes ces abdications du corps, anorexie, obésité et régimes, uniformisation des sourires, lingerie désodorisée, chirurgie « esthétique », voire *anal bleaching*... Disparition, également, du costume et de l'élégance. On se proclame « *neutral* » pour la même raison qu'on a éliminé jadis le vêtement baroque au profit de la tenue bourgeoise, puis qu'on a laissé celle-ci se dégrader en tenue « décontractée » qui, comme si le loisir devait annuler la sensualité, se reconnaît généralement à ses matériaux ignobles, à ses couleurs inhumaines. Le survêtement à capuche de l'éternel adolescent, le legging de la New-Yorkaise conforment un corps neutre et asensuel. On entend souvent dire que la mode et les critères de beauté traditionnels asservissent les femmes : s'épiler, par exemple, ou s'habiller de telle et telle manière. Mes grands-pères, hommes nés dans la première moitié du XXe siècle, répondraient qu'ils se rasent tous les matins, et ne sortiraient pas de chez eux sans une cravate nouée autour du cou et leurs chaussures cirées. La revendication, pour les femmes, de l'inélégance – de la neutralité – ne fait que suivre de quelques années celle des hommes, et l'une comme l'autre, loin de nous rendre libres, nous asservissent à l'indifférentisme des machines. Le dandy du XIXe siècle, le *pachuco*, le *zooter* et le *hepcat*, le zazou et, de nos jours, le sapeur congolais ou le *drag queen*, le hassid en caftan sont autant de résistants, conscients ou non, qu'il convient de mentionner.

Butler est la théoricienne de la neutralité. Selon elle, le genre est performatif. Cela veut dire, par exemple, que les attitudes efféminées du *drag queen* n'imitent pas un original – qui serait une certaine « manière d'être » féminine, préexistante au travestissement de l'homme – mais désignent au contraire un *vide*. Le corps sexué n'existerait pas en dehors de la manière dont la société et ses stéréotypes le construisent. On est tenté de demander si les faux seins du *drag queen* n'imitent rien, eux non plus, qu'un stéréotype. S'ils ne renvoient ultimement, comme sa jupe, qu'au « vide du simulacre ». Pour que ce genre d'abstractions pût ne pas prêter à rire, il fallait que la naturalité du corps fût d'abord abolie. Il fallait un monde où le vêtement ne sert plus qu'à se couvrir, où la viande se vend sous cellophane. Un monde de machines.

C'est parce que nous étions déjà *neutralisés* qu'il était possible d'oublier à quel point le geste, l'attitude, la parure sont, plutôt que de simples artifices, les outils dont use la chair pour se communiquer. Prenez le talon aiguille. Il déforme le corps, certes, mais la posture qu'il façonne – avec la poitrine et les fesses exagérément sorties – désigne, chez les primates, la disposition sexuelle de la femelle. Voilà un donné, non un stéréotype : il n'y a pas de stéréotype dans la nature. En même temps, les cavaliers portaient au Moyen Âge des talons tout semblables, de même que les acteurs grecs et romains. Une part de l'énergie de cet objet est donc aussi masculine et phallique : il n'est pas si rare qu'on s'en soit servi *comme d'une arme*. Voilà pourquoi il y a dans la femme qui le porte un peu de Bradamante, la chevaleresse invincible de l'Arioste – et l'on peut ainsi nuancer le postulat de l'essentielle féminité du talon aiguille. C'est un objet qui souligne et renforce le donné de la nature tout en le subvertissant. Le *drag queen* fait sienne la force magique de la femme, comme le chamane fait sienne celle de la bête : l'un et l'autre substrats existent avant les simulacres qui en sont produits et qui sont *animés* par eux. Mais, d'autre part, en s'emparant de la puissance féminine, il retrouve une énergie masculine refoulée naguère hors du bon goût bourgeois[7].

Il faut n'avoir jamais accouché, ou assisté à un accouchement, pour penser comme les butleriens et autres constructionnistes. Dans ce moment, la nature vous saute au visage. De même faut-il n'avoir jamais vu une mère allaiter son nourrisson ou, l'instant d'après, celui-ci se coucher en extase, les bras en croix, sur sa poitrine, ivre de son lait, de son odeur. N'avoir jamais vu une chienne ou une chatte faire de même : les mères ont existé avant qu'on ne régule quoi que ce soit, et avant que des humains, des *hommes* ne s'avisent de *déconstruire* leur pouvoir.

Camille Paglia est l'auteur d'un très grand livre d'histoire littéraire et artistique qui n'a pourtant jamais été intégralement traduit en français : *Sexual Personae*, paru en 1990. Elle est aussi régulièrement intervenue par la suite dans les débats américains, auxquels, par son lesbianisme inclassable et son érudition sans pareille, elle a su apporter une nuance sainement blasphématoire. Elle raconte par exemple que son opposition d'Italo-Américaine au féminisme frigide de Gloria Steinem, très proche de la théorie butlerienne, commence au réfrigérateur de cette dernière, qui ne contenait en tout et pour tout que deux bouteilles d'eau gazeuse. Le performatif, ça ne se met pas au monde, et ça ne se mange pas non plus.

Cette théorie du genre entérine l'effacement du corps par la machine en destituant la nature à laquelle elle substitue le simulacre, puis le sexe qu'elle annule dans la sexualité. Rien d'étonnant à ce qu'elle ait jailli d'une ère virtuelle et aseptique – *neutral* –, celle de l'intelligence artificielle et de la robotique, ainsi que de l'annihilation du règne animal : le « progrès » technique a ici précédé celui des idées. À moins que la tendance illustrée par Butler ne soit celle de tout intellectualisme. Il faudrait alors remonter au moins à la scolastique médiévale pour comprendre ce qui est en jeu ici. Dans le volume de son *Histoire de France* consacré à la Renaissance, Michelet a résumé ce qu'avait été cette école de stupidité en des termes qui s'appliquent non moins parfaitement à la nouvelle scolastique : « Tout mot répond à une idée, et toute idée est un être. Donc la grammaire est la logique, et la logique est la science. Pourquoi étudier la nature, pourquoi observer, s'informer ? Il faut regarder le monde dans sa pensée creuse ; on verra le vrai, le réel, au miroir de la fantaisie. » Il est à noter qu'il oppose ailleurs la sage simplicité des sorcières, prêtresses et médecins du peuple, à la bêtise de ces savants.

Nous sommes revenus à un âge qui adore les mots et les entités désincarnées. On ne discute plus du sexe des anges mais de l'identité sexuée des enfants ; aussi sérieusement que les cornificiens se demandaient si c'était la corde ou le porcher qui menait le porc au marché, on questionne l'habitude « genrée » qu'ont les petites filles de jouer à la poupée, voire de pisser assises ; et de même qu'on s'est excommunié au nom des universaux, on prend soin de distinguer entre les « femmes » et les « personnes ayant un utérus », les « hommes » et les « personnes ayant une prostate ». La théorie butlerienne et ce qui en a découlé, c'est d'abord tout un dispositif sémantique, novlangue ou anti-langue, qui, contrairement au *newspeak* orwellien, ne nous fabrique pas, chaque année, « de moins en moins de mots », mais de plus en plus : *cisgenré, assignation sexuelle, bicatégorisation, gender-neutral, non-binaire*… Le champ de la conscience n'en est que plus restreint à mesure que ces mots la nettoient et l'aliènent de la chair. Sophisme et scolasticisme, *totalitarisme* enfin : tel un véritable cancer, ce dispositif engloutirait peu à peu les cellules du langage organique, coupant la pensée de ses racines corporelles et l'homme de son passé, voire du passé de son passé – de l'animal qui continue de vivre en lui et qu'aucun performatif n'a fait.

⋆

Un homme qui se travestit, écrit Camille Paglia, c'est qu'il cherche Dieu. Au rebours des conventions orthodoxes ou bourgeoises, la mystique juive m'a appris à voir la dualité érotique palpitant sous l'écorce de l'être. Le Midrasch décrivait déjà le premier homme comme androgyne, suivant en cela ce qui pourrait bien être la lettre de la Genèse. « Il n'est pas de créature qui ne soit à la fois mâle et femelle », enseignent les Tiqqunei Ha-Zohar. « Le fils et la fille comportent chacun deux associés, le père et la mère. » Chaque dimension sexuelle complète, reflète et contient sa parèdre : chaque sexe recèle l'autre, l'*animus* habite la femme, l'*anima* l'homme. L'androgynie sacrée (le Dieu des kabbalistes est aussi Déesse, mâle et femelle à la fois) s'incarne en la relation charnelle mais aussi en chaque individu séparé. Et nul être n'est si distinct des autres qu'il ne soit aussi autre, que les autres ne soient en quelque sorte lui. Certains kabbalistes allèrent même jusqu'à affirmer qu'une femme dépourvue de masculinité, qu'un homme privé de l'essence féminine seraient stériles ! D'autres disent l'inverse, ou tiennent que l'époux peut apporter à la femme la part virile ou féminine qui lui manque et dont elle a besoin pour enfanter. Tous ont admis en tout cas la complexité de l'être sexuel, la féminité et la masculinité ne se réduisant pas à leurs attributs visibles. Ces enseignements, au cœur de la doctrine kabbalistique de la réincarnation, ont toujours cours.

Ils disent bien, malgré tout, qu'il *y a deux sexes*, qu'il y a *du* sexe : l'ontologie sexuelle élaborée par les kabbalistes de Castille et de Safed n'a rien d'un éloge de la neutralité ou d'un refus de la chair. En outre, pour subversive qu'elle soit, elle ne propose certainement pas d'absorber la coutume dans l'absente de tout bouquet. Elle blasphème contre les évidences d'un certain bon sens au nom d'un autre peut-être plus instinctif : nous savons tous, au fond de nous, que l'autre sexe nous habite. Mais elle ne propose pas d'annuler le corps dans l'âme qui le hante, aussi complexe soit-elle, car l'un comme l'autre périraient de cet iconoclasme. Pour le dire autrement, une chose est d'affirmer qu'une femme vit peut-être dans l'homme qui écrit ces lignes, autre chose de dire qu'il *est* une femme (ce qui est biologiquement faux), autre chose encore de décréter qu'il devrait en tirer, *tel un intégriste*, toutes les conséquences : ne porter plus que des jupes, changer officiellement de sexe, s'ôter les testicules – soit prouver par des actes visibles la véracité de ce que lui murmure le secret de son âme. Pour toute autre tentative de faire correspondre à ce point l'extérieur à l'intérieur, la réalité à la vérité, on parlerait précisément de fanatisme[8]. Attentive aux péripéties identitaires, l'ontologie sexuelle de la Kabbale offre une ample vision de l'érotique humaine et cosmique, qui enveloppe, « mâle et femelle à la fois », l'amour des deux sexes et leur combinaison symbolique et magique au sein de la personne, mais elle n'abolit pas les usages reçus dans les caprices d'un solipsisme qui se révèle moins *fluide*.

La coutume, Montaigne le notait en ses *Essais*, est *violente*, d'une violence telle que, imprégnée en nous, il nous est en fait plus violent encore d'en changer – et ce constat poussait le chantre du *passage*, du mouvement permanent de l'univers, à se dire en même temps « dégoûté de la nouvelleté ». Ce décalage entre l'aspect intérieur ou ésotérique de la pensée, et son aspect extérieur ou exotérique, rassemble Montaigne et les kabbalistes de Safed, qui furent généralement aussi conservateurs dans les faits que gnostiques dans leur approche des vérités spirituelles. Conservateurs ou prudents, car précipiter un mouvement sur lequel on n'a pas prise, c'est hasarder de le figer – un peu de la même manière que les parents les plus « cool » sont souvent les plus manipulateurs et, de ce fait, ceux dont l'autorité s'exerce avec le plus de force sur leurs enfants, ces derniers ne pouvant, littéralement, pas même en discuter. « À casser les statues, on risque d'en devenir une soi-même », dira la voix du *Sang d'un poète* de Jean Cocteau : l'iconoclaste ne brise souvent l'usage reçu que pour imposer à sa place une « nouvelleté » plus colossale.

Reste que l'androgynie existe. Il faut d'ailleurs la distinguer soigneusement de la neutralité, indissociable, elle, du scolasticisme butlerien. L'androgynie est la force qui traverse et travaille, vivifie et fluidifie la civilisation – chose que la droite, lorsqu'elle dénonce la théorie du genre, est incapable de voir. La neutralité ne s'oppose en fait pas tant à la séparation des sexes qu'à leur réunion ou à leur mise en tension dans l'androgynie. Celle-ci est dynamique, la neutralité inerte.

Aussi est-ce également du Neutre que la neutralité est l'antithèse, en dépit de l'apparente synonymie de ces deux termes. Le Neutre, c'est la marge, qui donne sens au plein des lettres en le mettant en tension. La mort qui pénètre et anime la vie. *Les* morts, qui nous reviennent à tout moment, s'échappant des orifices de la terre et y retournant, la perforant sans cesse de leur présence-absence. Chez les théoriciens français, de Blanchot à Barthes et Derrida, c'est cette ombre et ce *silence* que j'ai voulu évoquer au chapitre précédent avec le refus de la pleine lumière technologique, de la surveillance. La castration en est l'une des figures, mais on pourrait dire que le sexe masculin presque « détachable » et l'*abîme* du sexe féminin manifestent déjà, à même le corps, ce manque, ce rien qui le troue et en fait de la chair. C'est en ce sens que la présence du Neutre – d'une absence donc – est encore le contraire de la neutralité, qui, elle, est du côté du *plein* : la nuit, c'est le Neutre, mais la lumière acide de la salle d'opération, c'est la neutralité ; le premier est dans les points de suspension, la seconde est dans les sigles ; le premier est dans une chevelure emmêlée, dans les hautes herbes d'un jardin en jachère, la seconde dans l'odeur douçâtre d'un shampooing bon marché, dans une pelouse bien taillée. Le Neutre, c'est l'insondable infini, le Rien des kabbalistes, antérieur à la Création comme au divin révélé, et que, partant, seule une gnose fanatique et criminelle (celle de Khomeiny, de tous les théocrates) pourrait vouloir ramener sur terre : on sait qu'il n'a littéralement rien à y *faire*.

L'écriture inclusive, qui est l'un des avatars de la neutralité, n'a pas pour vocation de supprimer le patriarcat mais l'ambiguïté, le jeu, qu'elle remplace par la juxtaposition des sexes, une espèce d'hermaphroditisme généralisé. D'où le « *they* », pronom pluriel et indifférencié qu'aux États-Unis, dès la crèche, on applique aux enfants afin que leur identité sexuelle soit leur « choix » et non celui de leurs organes : les robots, après tout, n'en ont pas. Cette pratique, lorsqu'elle est poussée de la sorte à son comble, dit bien tout ce qui sépare la neutralité de l'androgynie, la neutralité du Neutre, lequel se joue justement des conventions héritées sans chercher à les remplacer par d'autres plus « appropriées », c'est-à-dire plus *propres*.

Petit garçon, je me suis rêvé femme. Une après-midi, dans la cour de mon école, je me déguisai, talons compris. Je me rappelle l'éclat de rire incrédule de l'institutrice. Comme beaucoup d'enfants, je voulais m'amuser, mais peut-être aussi que mon corps m'effrayait un peu, ou simplement que m'interrogeait *cet autre corps* dont j'étais sorti et que je savais donner la vie – ou bien que m'appelaient la chair étrangère dont je pressentais déjà la future emprise sur mes sens, l'odeur de la femme, le goût de la femme. Des enfants semblables à celui que j'étais, s'ils sont nés en Californie ou à New York, auront aujourd'hui la chance de rencontrer des parents et une institutrice plus « compréhensifs » que les miens : il est désormais *normal* d'administrer à ces déviants – en sus du « *they* » que, parfois, des classes entières se mettent à employer en signe de solidarité – des hormones qui bloqueront leur puberté. On en trouve par exemple le mode d'emploi sur le site de l'hôpital pour enfants de Saint-Louis, dans le Missouri, où se trouve un centre pour jeunes *transgender* : « La puberté peut être un moment troublant ou difficile pour un enfant transgenre, homosexuel, non-binaire ou questionnant son genre. Les inhibiteurs d'hormones aident à retarder des changements indésirables ou ne correspondant pas à l'identité de genre de l'enfant[9]. » À ces traitements déjà irréversibles, certains demandent qu'on ajoute la chirurgie[10]. Cette manière de réguler ce qui n'a pas à l'être, de *normer* (sous couvert de ne pas le faire !) ce qui échappe aux normes, fait ressembler nos progressistes aux homophobes partisans des thérapies de conversion.

Le pendant féminin de mon cas est très fréquent : des fillettes qui ne font qu'exprimer à trois ou quatre ans l'envie du pénis identifiée par Freud il y a pourtant plus d'un siècle (« Maman, Dieu a fait une erreur, disait l'une d'entre elles à sa mère, je devrais avoir un zizi ! ») sont traitées comme des transsexuels : on les habille et s'adresse à elles comme à des garçons et, le moment venu, on leur prescrit le traitement qui fera s'accorder plus ou moins leur anatomie à ce qu'on a pris pour leur désir le plus profond. Entre-temps, toute socialisation naturelle leur aura été refusée, ce qui aura préparé en douceur le changement final – pour leur bien. J'ai connu de tels enfants qui, arrivés au seuil de l'adolescence après avoir été si monstrueusement manipulés, ont été ainsi, pour finir, brutalisés en douceur : le jour viendra où toutes ces bonnes âmes si compréhensives seront regardées avec la même répugnance qu'inspirent aujourd'hui ceux qui, dans les années 50, prônaient la lobotomie ou les électrochocs.

On empêchait naguère, dans les dortoirs, les adolescents de se donner du plaisir : on accède maintenant à quelque envie que peut leur dicter leur mal-être, sans prendre garde qu'ils ne se connaissent pas, qu'ils s'en repentiront peut-être – et les suicides de ceux avec lesquels on a ainsi joué, arrivés à l'âge adulte, ne sont pas rares. L'histoire lamentable de David Reimer, qu'un Faust de pacotille, John Money, a châtré puis fait élever comme une fille, pour qu'il se tue finalement en 2005 à l'âge de trente-huit ans, n'aura pas suffi. On en immolera d'autres, des milliers peut-être, jusqu'à ce que la génération ainsi sacrifiée fasse mordre la poussière à ces criminels si bien intentionnés. Je dois avouer que la perspective de ce prochain cycle chatouille déjà ma curiosité d'écrivain – ma faim de sang peut-être.

Il est remarquable que cette pure brutalité de plastique – du « *sex reassignment* » – n'exclut pas du tout qu'aux États-Unis ou au Canada, ceux-là mêmes qui aident ainsi les enfants à « transitionner » à coups d'injections froncent le sourcil devant les caresses et les ébats juvéniles. J'ai vu circuler, dans des milieux prétendument libéraux, telle brochure exhortant les parents à faire de leurs adolescents, par l'intervention et l'écoute, de « sains citoyens sexuels ». La répression de la masturbation – via celle de la pornographie – était implicitement visée. Une mère qui me disait qu'il était pour elle hors de question que sa fille ait une vie sexuelle jusqu'à ses dix-huit ans – quand elle aurait trouvé un « partenaire » stable – ne voyait pas de mal, en revanche, à ce qu'elle puisse changer d'assignation sexuelle à dix ans comme elle semblait le vouloir. Pour ces gens, on peut être homosexuel – ce qui devrait impliquer en bonne logique au moins quelques *penchants sexuels* – dès avant sa puberté ; ou se sentir femme alors qu'on n'est qu'un garçonnet de douze ans et demander un traitement voire une opération chirurgicale pour que la nature s'accorde (en apparence) à la fantaisie ; par contre, on ne peut en aucun cas consentir, femme mais mineure de quinze ans, à faire l'amour avec un homme – ou une autre femme – qui aurait atteint sa majorité. Le surveillant général n'a changé que de costume.

Une autre manière d'aborder ce problème serait cependant de le voir, non comme la négation de la sexualité juvénile, mais comme son affirmation morbide : on a chanté la pédophilie dans les années 70, pourquoi ne chanterait-on pas, de nos jours, le *sex reassignment* précoce ? Dans les deux cas, l'adulte exerce une emprise sur le corps de l'enfant. Dans les deux cas, il peut se raconter et raconter aux autres qu'il le fait par amour, que lui sait à quel point sa victime désirait qu'il agisse de la sorte. Et dans les deux cas, on peut en effet faire dire bien des choses à un innocent qui ne sait encore rien de ses propres désirs, ni de la manière dont une conscience pervertie ira interpréter les signes ou les non-signes qu'il émet.

Voilà en tout cas la plus parfaite illustration de la différence qu'il y a entre neutralité et androgynie. Et vu l'oppression invisible résultant du libéralisme de ces parents, enseignants et psychologues, la théorie montanienne de la « nouvelleté » trouve aussi là une illustration adéquate. Le télos du *trans* n'est pas la fluidité : Éric Marty parle à cet égard d'une *surconstruction*, qu'il oppose à la déconstruction arguée, à l'*hypertélisme* de l'androgyne. L'opération chirurgicale exprime la tentation de supprimer toute fluidité.

On rencontre dans le régime des mollahs iraniens une forme extrême de cette réification : la loi y permet en effet aux homosexuels d'échapper à la pendaison en subissant une opération de changement de sexe. Comme si, en voulant *forcer le passage*, on ne pouvait que glacer le flux de l'être ou l'assécher : le postmodernisme et le fanatisme médiéval, au reste épistémologiquement parents, ne font plus qu'une seule chair.

Les transsexuels de jadis, parfois au risque de la persécution, ont célébré dans le corps ce que ses contempteurs y abhorraient : le grotesque et le sublime, l'impur et la corruption, l'outrance auxquels une mesquinerie de bon ton demandait raison. Le jeu, le passage, la caresse. La sensualité du *drag queen* appartient malheureusement au passé, le « trouble dans le genre » valant désormais répudiation de la chair. Et sur les campus américains où cette idéologie a fleuri, quoique le sexe soit partout, étudié, « déconstruit » et en même temps dénoncé, *surveillé* par les institutions responsables des bonnes mœurs, il est triste et sordide. Désigné comme « identité », comme pratique à la rigueur, comme danger assez souvent – jamais comme jouissance : c'est le sexe de ceux qui ne baisent pas, de ceux auxquels Foucault a appris qu'on ne parlait justement pas de *sexe* mais de *sexualité*. Le même déplorerait toutefois qu'au nom de son scepticisme l'on instaure un *contrôle* sans précédent des corps et des passions de l'âme… Notez que le sigle *queer* comporte depuis peu un A (pour « *asexual* ») : les châtrés, les frigides et autres abstinents se sont emparés de la lutte pour les « droits sexuels », et l'on dit « LGBTQIA+ » sans considérer tout ce qu'ainsi l'on trahit. La langue de la sexualité devient, ce faisant, ce qu'elle était depuis toujours : celle du non-sexe et de la neutralité – d'une juxtaposition stérile de chiffres et de lettres, d'entités creuses et sans chair.

Regrettable est, dans le discours *queer*, la substitution de la vulgarité démocratique à l'aristocratisme androgyne ; de la revendication politique à celle de l'appartenance à une *communauté érotique* ; de nouvelles normativités à l'antinomisme. D'une part, l'hermaphroditisme véritable est trop rare pour pouvoir dicter à la société un nouveau langage (ce qui, de toutes les manières, n'est presque jamais justifié) ou de nouveaux usages ; d'autre part, la présence d'une âme féminine dans un corps masculin – ou l'inverse – est moins rare, peut-être ne l'est-elle même pas du tout, peut-être advient-elle à chacun, par intermittences : elle problématise ainsi la chair et l'arrache aux faits visibles, mais, du même coup, ce phénomène, étant d'un ordre spirituel, ou spiritualo-charnel, n'est pas politiquement dicible. Comme toute descente de gnose sur terre, sa traduction en termes politiques ne pourrait, en les confondant, que trahir les deux niveaux et les mettre en péril : annuler le corps dans l'absolu de l'âme, l'âme dans l'objectivité du corps ; forcer le fait à se conformer à ce qui le dépasse, à ce qui ne se voit pas, ne se touche pas, et, en ramenant cet impalpable au palpable, le supprimer. La conséquence la plus manifeste en est, sur les campus américains, le remplacement de l'androgynie – et de la beauté qu'elle enveloppe – par cette morne, grise et laide asexualité dont je parlais à l'instant. C'est la propension totalitaire de la neutralité qui s'accomplirait là.

Dans la littérature et dans les arts, la transsexualité demeura longtemps subversion – justement parce que *beauté*, parce que magie. Partout, l'androgyne affichait grâce ou force, violence parfois, sa condition était infiniment, *terriblement* sensuelle : le *contrapposto* lascif du *Satyre au repos* accouple la plus grande douceur à la brutalité élémentaire du monde chthonien. L'hermaphrodite antique est devin et, s'il inspire de l'horreur, c'est précisément à cause de sa sacralité. Pour avoir observé la copulation de deux serpents, Tirésias a été métamorphosé en femme : *Venus huic erat utraque nota*, il connaît les deux Vénus. Révélant plus tard que c'est la femme qui jouit le plus dans l'acte d'amour, il est puni par Héra de cécité, mais Zeus, pour alléger sa peine, lui donne de connaître l'avenir.

Dans l'Antiquité, se castrer signifiait qu'on s'offrait, recevant sa marque, à la Déesse : certains prêtres se comportaient ainsi, imitant Attis, le fils et amant de Cybèle. Le culte israélite interdit aux eunuques, voire aux simples malformés, les rangs de la prêtrise ; il condamne la castration rituelle comme le sacrifice humain mais rassemble l'un et l'autre dans le rite de la circoncision, qui les stylise et les transcende. Peut-être cela ne survint-il qu'après la tardive éviction de la Déesse des Hébreux ? Isaïe promet néanmoins « un monument et un nom », un héritage mystique, aux prêtres de l'ancien culte, à ces transsexuels devenus si brusquement parias.

Même plus tard, l'eunuque ne fut pas toujours dépourvu d'énergie sexuelle. Barthes notait que chez le castrat Zambinella, dans *Sarrasine*, tout se passe comme si « la densité du sexe » doit « quitter le reste du corps et se réfugier dans le gosier », de sorte que, « sorti du corps châtré, un délire follement érotique se reverse sur ce corps : les castrats-vedettes sont applaudis par des salles hystériques, les femmes en tombent amoureuses ». Par l'effet de son chant, qui diffuse en passant par toute l'étendue de son corps, le castrat *pénètre* son assistance, mâle et femelle. C'est le pouvoir vivifiant du Neutre.

Chaque époque de renouveau artistique et intellectuel – de l'Athènes de Périclès et des Académiciens à nos jours, en passant par la Renaissance abbasside et l'âge humaniste, celui de l'opéra baroque puis la période romantique, le décadentisme fin-de-siècle ou l'ère du rock – fut animée par la fluidité sexuelle, mais une fluidité empreinte de beauté et de sensualité, confondue avec elles. La Renaissance italienne fut, dirait Paglia, l'explosion de la *persona sexuelle*. Ainsi, le David de bronze de Donatello – le premier nu masculin depuis l'Antiquité – n'agrège-t-il pas seulement l'héritage biblique et celui de la Grèce : il combine surtout Vénus et Mars, une grâce féminine ensorceleuse et une virilité meurtrière. Semblant sorti de la tête de Goliath – peut-être celle du sculpteur, assailli, opprimé de ses désirs –, il orne ses pieds de la couronne sanglante qui la borde. Triomphe du glamour apollinien sur la nature chthonienne et dionysiaque dont il émane !

Le fin sourire de David sera celui de la *Joconde* : cette femme absolue, mère ou courtisane, est en même temps un homme. L'œil masculin de Léonard se trouble et se dédouble, assujetti au pouvoir féminin, à l'*anima*, aux fantaisies chthoniennes de la Grande Mère dont le sombre culte semble se profiler parmi ses déserts, ses rocs et ses ruisseaux, dans les contours effacés de ses grottes. Et si le mystérieux saint Jean Baptiste du Louvre ressemble à un satyre hermaphrodite, Uriel, l'ange de la *Vierge aux rochers*, est, lui, une femme : séraphique androgyne, son doux visage est modelé d'après l'étude – conservée à Turin – d'une tête de femme inconnue.

L'Esclave mourant de Michel-Ange allie, de même, virilité marmoréenne et langueur féminine. Cette fois, à la différence de Donatello, c'est le dionysiaque qui triomphe : le marbre est apollinien, mais il semble ici assoupli d'une douce extase, qui se répand sur la pierre et la liquéfie. L'homosexualité de Michel-Ange, comme celle de Léonard ou de Donatello, est à la fois instinct et stratégie : par elle, l'artiste livre combat à ses maîtres et à la société, à l'ordre ancien, à la nature surtout, au sein de laquelle elle leur donne jeu et puissance. L'érotisme androgyne puise en effet au tréfonds de l'être et de la nature pour mieux braver les buts apparents de cette dernière : il enracine le summum de la sophistication dans une primale brutalité. En fait, le transgenrisme fut toujours une stratégie autant qu'une poussée naturelle : un *jeu* avec son corps. De nos jours encore, un nombre frappant de hassidim quittant leur communauté se déclarent tout à coup transgenres : il est possible qu'ils le soient « réellement », mais il est plus probable qu'il s'agit d'un choix inconsciemment tactique.

On sait que, du temps de Shakespeare, il revenait aux hommes d'incarner sur scène les personnages féminins. Souvent le poète, amant lui-même d'un mystérieux « *fair youth* », jouera malicieusement des conventions instaurées par le théâtre, usant du masque pour mieux révéler la peau qu'il recouvre. Comme d'autres dans ses pièces ou dans la littérature de l'époque – *Orlando furioso* par exemple –, la Rosalind de *Comme il vous plaira* se travestit et propose à Orlando qui ne la reconnaît pas de soigner l'amour qu'il a pour elle en lui faisant la cour, la croyant homme et l'appelant innocemment de son vrai nom : Rosalind, c'est donc un homme (l'acteur) jouant une femme (le personnage) jouant ensuite un homme jouant momentanément une femme. Moteur alchimique de la pièce, elle triomphe par là de la dualité sexuelle, fusionnant, aux confins – symbolisés par la « Forêt d'Arden » – de l'ordre le plus absolu et de la subversion la plus lancinante, les contraires.

Au XIXe siècle, le comble de la virilité a rejoint, dans la personne du dandy, le comble de l'efféminement. La puissance orgasmique du dandy Byron – comme, un siècle plus tard, celle de Raspoutine – subjugue les femmes de l'aristocratie européenne sans qu'il lui soit même besoin de les toucher : la magie de sa seule présence, dit-on, voire la prononciation de son nom les brise et les vide. Ce vampire libertin se travestissait aussi à l'occasion, goûtant au corps d'un bel éphèbe. Voilà pourquoi le dandy balzacien, son héritier littéraire, sera à la fois le dieu et le poupon de la femme, son sabre et son godemiché. Ainsi, dans les *Illusions perdues* :

> Coralie aimait, comme tous les fanatiques, à parer son idole ; elle se ruina pour donner à son cher poète cet élégant mobilier des élégants qu'il avait tant désiré pendant sa première promenade aux Tuileries. Lucien eut alors des cannes merveilleuses, une charmante lorgnette, des boutons en diamants, des anneaux pour ses cravates du matin, des bagues à la chevalière, enfin des gilets mirifiques en assez grand nombre pour pouvoir assortir les couleurs de sa mise. Il passa bientôt dandy.

Proust dira, lui, l'impossibilité de l'unification à laquelle rêvaient encore les romantiques : ses homosexuels sont tragiques. La beauté saturnienne des « tantes » de la *Recherche* tient à ce que, comme chez Shakespeare, il s'agit de femmes prisonnières de corps d'hommes, mais cette prison est leur *fatum*, et nulle compensation alchimique – si ce n'est par l'art – ne semble à espérer. Race maudite comme les Juifs, les homosexuels proustiens sont aussi nécessairement, comme eux, race sacrée, « tous obligés à protéger leur secret, mais ayant leur part d'un secret des autres que le reste de l'humanité ne soupçonne pas et qui fait qu'à eux les romans d'aventure les plus invraisemblables semblent vrais, car dans cette vie romanesque, anachronique, l'ambassadeur est ami du forçat ; le prince, avec une certaine liberté d'allures que donne l'éducation aristocratique et qu'un petit bourgeois tremblant n'aurait pas, en sortant de chez la duchesse s'en va conférer avec l'apache ».

Ailleurs, c'est la parade amoureuse de Cab Calloway, dans « The Lady with the Fan » qui est bien, de même, d'une hystérique virilité. Les convulsions et l'abandon d'Elvis Presley, ses gémissements suaves (« Blue Moon »), l'alliance en lui du cow-boy, voire du bandit (« Jailhouse Rock ») et de la courtisane firent hurler de jouissance l'Amérique blanche des années 50. Quant aux Beatles :

> And she promises the Earth to me and I believe her,
> After all this time I don't know why…

Quoique McCartney chante la jouissance *d'un homme* – celle de souffrir aux mains d'une femme – ces accents, ces soupirs sont ceux d'une femme trompée, les guitares de Lennon et Harrison empruntant leurs accents à la sensualité dionysiaque, femelle, du bouzouki. Ailleurs, dans « Happiness Is a Warm Gun » par exemple, le contraste de la signification phallique (l'arme à feu) et de l'élocution, du balancement féminin dont Lennon l'enveloppe, enivre : tout le rock n'est-il pas là ?

Femelle est Morrison, dans l'épaisseur provocante de ses lèvres, de ses boucles, dans ses atours et ses broderies, mâle pourtant par sa voix et la force de ses mâchoires – et byronien dans cette communion des deux sexes. Et quand il convoque Albéniz (« Spanish Caravan »), c'est de toute une louche gitanerie qu'il subvertit la tranquillité anglo-saxonne... De même encore, la profession de foi la plus virile qui fut jamais écrite, « I'm Your Man », contient ces mots :

> If you want a lover,
> I'll do anything you ask me to,
> And if you want another kind of love,
> I'll wear a mask for you...

Or, ça n'est pas aujourd'hui que les hommes, à l'instar de Jim Morrison, de Leonard Cohen ou de Lord Byron, seraient trop femelles : ils ne sont plus d'aucun sexe – les femmes se donnant d'ailleurs, elles aussi, du « *guys* » ou du « gars », comme si le pouvoir et la beauté de leur propre sexe n'importaient plus. Notre société, loin, comme le pensent les critiques de droite, de se féminiser, *s'asexue* : on a vu de même qu'elle était loin également de perdre sa « blanchité ». La sexualisation à outrance dont elle est dans le même temps frappée étant l'autre facette de cette neutralisation : la bite et le con sont omniprésents, mais comme on ne les appelle plus que « pénis » et « vulve », tout se passe comme s'ils avaient disparu.

Here and not there

« Mais passant près de toi je t'ai vue remuant dans ton sang.

Alors je t'ai dit : Dans ton sang vis !
Alors je t'ai dit : Dans ton sang vis ! »

ÉZÉCHIEL

C'est un petit homme sec et sans chair, aussi sensuel qu'une Apple Watch, arborant le sourire paradoxalement satisfait de celui qui doute de tout. Héritier d'un puissant clan WASP de Boston, il a rompu très jeune avec le conformisme épiscopalien dans lequel il a grandi. Il lui a substitué celui de la presse new-yorkaise. Peut-être conscient que, par son caprice, il a injustement privé de mère la petite qu'il s'est fait faire en laboratoire, il se fait appeler « *Mommy* » : il veut donc, de surcroît, qu'elle n'ait pas de père. À quoi bon, n'est-ce pas, ces vieux usages ?

J'ai entendu cet homme vitupérer – à raison – les mesures scélérates prises pour séparer les enfants mexicains de leurs parents sous la présidence de Trump. En revanche, il semble lui être juste de priver dès la conception, délibérément, un enfant de toute filiation. De la chaleur animale d'une mère, que ni son argent ni ses gouvernantes ne sauraient remplacer.

Bien des enfants, me direz-vous, en sont privés de toutes les manières, mais qui a dit qu'il *fallait* l'être ? Qu'il était bon ou indifférent d'être orphelin ou abandonné à la naissance ? Ne pensons-nous pas plutôt qu'il s'agit là d'un accident dont il faudrait tout faire pour se prémunir ? Qu'à tout prendre il est heureux que l'on meure moins en couches qu'il y a cent cinquante ans, et que la plupart des enfants grandissent aussi avec leurs deux parents ? Nous jugeons sévèrement ceux qui se débarrassent de leur progéniture : nous n'avons donc rien à dire de l'abandon institutionnalisé et technicisé, de nourrissons auxquels rien ne serait pourtant plus doux – ni plus nécessaire – que l'étreinte maternelle ? Sait-on quels abîmes d'angoisse éprouve l'enfant qu'on arrache au bout de quelques heures, *et pour toujours*, à celle qui l'a porté neuf mois en elle et au corps de laquelle le sien se mêlait encore l'instant d'avant ?

Là encore, il faut n'avoir jamais vu ce qu'est un accouchement, il faut n'avoir jamais entendu crier un nouveau-né, il faut n'avoir jamais senti couler les larmes d'une mère – larmes d'amour, larmes de haine envers la créature gémissante *qui lui a fait ça*, larmes de vie – pour prendre ces choses à la légère. Il faut n'être plus du tout animal et déjà un peu robot.

J'ai écrit plus haut qu'un conflit sans précédent opposerait un jour ma génération et la précédente à celle qu'elles ont engendrées et croient si bien aimer. Cela sera vrai, à plus forte raison, avec la généralisation de la procréation artificielle. Il sera sanglant, le jour où cette fillette, sortant de la neutralité qu'on lui a imposée, demandera des comptes à sa « *Mommy* ». Pour lui, pour elle ou pour ses propres enfants. Frankenstein ne vit pas l'ombre d'une telle révolte.

On a fait l'amour sans s'épouser, et le mariage tel que nous le connaissons est même, à vrai dire, une invention relativement récente dans l'histoire humaine ; les hommes ont eu plusieurs femmes ou aucune, on a procréé dans le concubinage ou dans le célibat. Et si l'on ne s'est marié, en Occident, qu'avec des personnes du sexe opposé au sien – du moins jusqu'à une date très tardive –, des exemples existent d'autres types d'unions, renvoyant à d'autres manières, ailleurs dans le monde, d'envisager l'identité sexuelle, l'amour et la filiation. En revanche, on n'a jamais – sinon dans le camp de concentration – fait du matériau humain une chose ainsi programmable, à maximiser selon ses envies. Et que la « communauté LGBT » revendique ce droit en dit long sur sa propre métamorphose : jadis cantonnée aux marges du politique et du social, elle semble s'approprier aujourd'hui le pouvoir normatif de la Machine. J'appelle ainsi la force technique et politique qui l'excluait par ces valeurs « supérieures » qu'étaient la plus grande gloire de l'État ou la productivité économique. Une telle exclusion n'est plus d'actualité : Orban n'encourage-t-il pas les lesbiennes, contre le flux migratoire, à se faire inséminer pour enfanter à la chaîne de bons petits Hongrois ?

Une ligne va de la *surconstruction* de son identité, dont parle Éric Marty, à la *construction* massifiée de la vie. En outre, il était fatal que la neutralité, en s'étendant comme elle le fait à toute chose, en vînt à annuler la procréation comme le rapport charnel lui-même. Et d'un symbolisme atroce que cela arrive au moment où la science nous met en garde contre la stérilité qui nous gagne : nos gamètes, corrompues par le plastique des océans, la pestilence de l'air, et l'artifice de notre nourriture, ne valent plus rien.

Le corps horloge et le sexe monnaie d'échange : si l'activité charnelle a toujours été objet de transaction, la généralisation de la contraception chimique ou mécanique est peut-être pour quelque chose dans sa désacralisation puisqu'elle la prive partiellement, non seulement de ses potentialités créatrices, mais encore de son pouvoir mortifère. C'est ce que suggérait Norman Mailer dans *Prisonnier du sexe*. Ça n'est pas la contraception « en soi » qu'eût réprouvée cet ennemi de tout puritanisme : les moyens modernes de contrôle des naissances sont un pis-aller rendu nécessaire par l'exigence, fort saine à la vérité, de ne pas transmettre la vie à la légère ; sa critique vise plutôt un « esprit contraceptif », qui atteint de nos jours son paroxysme, avec, par exemple, les applications de *birth control*, qui feraient de n'importe quel corps de femme une *horloge*. Par ailleurs, cet esprit se communique à tous les rapports sexuels, et même, à la rigueur, à ceux que l'on voudrait procréatifs – si tant est, justement, qu'on ait encore besoin de faire l'amour pour avoir des enfants.

La séparation du plaisir d'avec la possibilité même de la conception lui retire son caractère sacré en la privant de sa dimension animale. Ainsi prêche Wagner, dans le *Second Faust*, au sujet de l'homme artificiel qu'il veut créer, se targuant pour cela de n'user d'aucun contact charnel :

> Dieu m'en garde ! la mode absurde des aïeux, nous tenons
> cette farce-là pour terminée…
> Que l'animal se livre au vieil amusement !
> L'homme, avec les grands dons qu'il reçut, j'imagine
> Qu'il aura désormais bien plus haute origine*.

On croirait que Goethe a imaginé son homoncule après quelque voyage dans le futur[11]. La perfection envisagée par Wagner, le télos qu'il se donne n'est autre, on l'aura compris, que celui de la vie parfaite et robotique – de la (non-)vie. Tant qu'un peu de chair, même artificiellement conçue, subsistera, subsistera aussi avec elle la nostalgie, chez le petit orphelin, de la « mode absurde des aïeux ». C'est le cas dans la pièce, où la quête de l'homoncule l'amène à se tuer en se jetant dans l'océan, peut-être dans l'espoir de renaître à une vie vraiment vécue, la pureté de son esprit devant se perdre dans le chaos de la matière.

Reste que sa fin ressemble bien à un suicide. On nous explique que les enfants procréés comme l'homoncule de Goethe ne présentent aucune tare particulière. Sophisme, bien sûr, le « recul » que nous avons étant de trente ans au plus, contre des milliards

* Je suis ici l'admirable travail versifié de Jean Malaplate.

d'années de reproduction sexuée – sans parler de la gravité qu'il y a, à faire des organes reproductifs non seulement des marchandises (ils l'ont peut-être toujours été à des degrés divers) mais des *machines* ; à paramétrer la vie humaine ; à bouleverser à ce point l'ordre symbolique de la génération. Notons que l'argument souvent entendu selon lequel les enfants nés d'une « mère porteuse », « s'en sortiraient » mieux ou tout aussi bien que les autres à l'école, ne prend évidemment pas en compte le fait que seules des personnes immensément riches et disposant d'un capital culturel important soient en mesure – et désireuses – d'avoir recours à la « gestation pour autrui ». Cette dernière, rappelons-le, est d'un usage plus récent encore que la simple conception *in vitro*, et cela ne doit même pas faire plus de dix ans que des hommes célibataires en font également usage. Il nous faut donc d'autant plus revenir, en l'espèce, à l'intuition que les données alléguées sont fausses ou inutilisables.

Certains thérapeutes commencent à avouer leur inquiétude. Christine Anzieu-Premmereur exerce à New York et rapporte plusieurs cas particulièrement morbides, dont celui d'un garçon éduqué par un couple homosexuel. Il n'avait pas été adopté (je suis favorable à ce que n'importe qui, quel que soit son statut conjugal et quelle que soit sa sexualité, soit en mesure de le faire) mais conçu dans un laboratoire à la demande de ces deux hommes. D'une intelligence aiguë, ses questions intempestives pouvaient porter sur tout sujet – notamment sur les origines de l'univers, qui le passionnaient, mais jamais sur les siennes propres. Ce garçon provenait du sperme de l'un des pères, de l'ovule d'une donneuse anonyme et de la matrice d'une troisième personne, sa « mère porteuse ». Ayant donc deux mères dont aucune ne l'était vraiment, c'est une grand-mère, à laquelle il était très attaché, qui lui en tint lieu.

À l'école, l'apprentissage de la reproduction le plongea dans un état de puissant choc émotionnel, qui amena ses pères à envisager une cure. Au thérapeute en question, il évoqua très vite son « premier souvenir » : un sentiment diffus d'abandon, ou plutôt de coupure, comme s'il avait été séparé, disait-il, en deux parties. Il dessina alors un arbre, auquel il ajouta de l'ombre. À la question de la psychanalyste qui voulait savoir s'il s'agissait justement de ce reflet qu'il disait avoir perdu, il s'arrêta, perplexe, regarda par la fenêtre et lui dit qu'il voyait dans le ciel des nuages ayant la forme d'une femme blessée par un serpent.

Vint le moment où l'enfant voulut connaître sa « mère porteuse », mais, ayant appris qu'il avait été conçu à partir d'un embryon congelé et que celle-ci était peut-être donc morte depuis longtemps, il pleura sans s'arrêter, des semaines durant. L'irreprésentable s'était transformé en détresse pure : il disait même ne plus arriver à distinguer son image dans le miroir.

Plus tard, il avoua à la psychanalyste se sentir trahi par la « donneuse » et la « porteuse », partie au loin. Ayant finalement rencontré cette dernière, il fit l'expérience d'un nouveau traumatisme : cette femme, couverte de tatouages et de piercings, était absolument dépourvue de tendresse, elle n'avait rien d'une mère. Tous les enfants s'inventent une scène originaire, un mythe de leur propre venue au monde, mais ceux qui sont ainsi interdits de chair ne peuvent le faire pleinement : l'ordre symbolique leur est refusé avec celui de la nature. Comme les enfants abandonnés qu'ils sont (puisqu'on les a retirés à leur génitrice), à ceci près qu'eux ne peuvent même pas *imaginer* que l'amour – ou sinon l'amour, quelque horrible ou divin hasard – les a fait naître.

*

Si j'étais un *antimoderne*, et que je voulusse déterminer quand commença, pour l'Occident, la modernité, je dirais qu'elle s'exprima peut-être tout d'abord dans l'arrachement de millions d'Africains à leur sol, à leurs familles, à leurs ancêtres, à leurs dieux et à leurs noms. Et ce qui me frappe le plus n'est pas qu'on les ait asservis : toutes les civilisations ont pratiqué l'esclavage, l'Empire du Mali, celui des Ashantis, le Royaume du Kongo ni plus ni moins que le Portugal, la France, l'Angleterre ou la Turquie ottomane. Non, c'est plutôt qu'on en ait fait des chrétiens, et à une si grande échelle. C'est ce baptême, filiation dans le Ciel, qui autorisait leurs bourreaux à les priver de filiation terrestre. Il est probable que l'esclavage fut toujours corrélé à une forme de déracinement, sans doute dès l'Antiquité, et dans la loi biblique elle-même, puisqu'elle n'a pas aboli cette institution[12]. Mais le caractère massif de l'opération – dans le contexte d'un technicisme immature mais croissant, et *sur trois continents* – ainsi que cette justification théologique, celle du salut de l'âme contre la famille organique, changent tout.

Ce fut là, répété de siècle en siècle, des côtes de Guinée et de la cale des négriers jusqu'aux plantations d'Amérique, un crime contre la filiation – avec la séparation brutale des enfants et des parents, des époux, et puis le viol institutionnalisé. La diaspora africaine continue d'en souffrir, moins économiquement ou politiquement que spirituellement et charnellement. La pléthore de cultes *made in America* et propres aux communautés noires – Nation of Islam, la célébration du Kwanzaa, le rastafarisme, l'Église des Black Hebrews, etc. – ou l'invention plus ou moins érudite d'ascendances prestigieuses – égyptienne, mauresque, abyssinienne ou juive –, parfois le simple délire poétique, où se dit l'indicible origine, attestent de la persistance de ce mal. Une rue de Harlem porte le nom d'un célèbre mythomane né à Porto-Rico mais qui prétendait être un Juif éthiopien, « Dr Yosef Ben-Jochannan ». Cependant, à l'heure où l'Europe et l'Amérique piétinaient le ventre de l'Afrique et lui volaient ses fils, elles ignoraient de quelle drogue mortelle elles s'étaient elles-mêmes infectées. On va voir dans un instant que cette drogue coulait en fait depuis longtemps dans ses veines.

Le judaïsme m'a appris le respect de la filiation et la méfiance à l'égard de la technique. Cette méfiance et ce respect sont liés, et l'on voit avec la procréation artificielle que la suppression de l'un est corrélée à celle de l'autre. Je voudrais, dans les pages qui suivent, dire ce qu'il en est de la technique, et ce qu'il en est, par là, de la carnalité juive. Le présent chapitre s'est ouvert par la crise de la filiation : j'y reviendrai après ce détour.

Quoique Levinas, dans « Heidegger, Gagarine et nous », ait voulu judaïser la technique, elle est l'antithèse du judaïsme. Il reprenait assez curieusement à son compte une accusation antisémite – et la plus infondée qui soit. Dans la Bible, Babel raconte déjà la technique et la peur du risque qui la fonde, poltronnerie aussi impie que criminelle. Babel, c'est l'effacement du visage de l'homme. On lit dans un commentaire* qu'il n'y avait pas de pierres dans la vallée où s'étaient établis, sous la conduite de Nemrod, les bâtisseurs de la tour : il s'en firent donc avec ce que la terre leur offrait ; si un homme tombait et mourait, on ne lui prêtait pas attention, mais si une seule brique tombait, alors on s'arrêtait et l'on pleurait, et l'on se lamentait ainsi : « Malheur à nous ! Qui la remplacera donc ! » Refusé aux hommes, le deuil était accordé aux objets. Le jeune Abram, passant par là, les maudit, demandant à Dieu de confondre et de diviser un langage dont ils ne savaient user que pour réduire l'homme à la chose et la chose à l'outil.

Nul hasard si la critique la plus circonstanciée de la technique fut faite, au XXe siècle, par le Juif Hans Jonas ; si, bien avant son *Principe Responsabilité*, Kafka était saisi, face à l'enfer administratif et industriel (« Je ne pourrai rien écrire tant que je serai obligé d'aller à l'usine », écrit-il en 1915) du désir d'être un Indien, un sauvage,

---

* Dans les Chapitres de Rabbi Eliézer, recueil de récits largement mythologiques servant d'exégèse, de midrasch, au texte biblique.

« prêt sur le champ et sur son cheval au galop, incliné dans l'air », ou que K. faisait l'amour par terre, au milieu des dossiers de son propre procès, comme pour dire à ses ennemis que la chair, quoique condamnée, ou parce qu'elle est condamnée, devait triompher de leur despotisme. Traduisant son langage dans celui de l'image-action, Welles a montré que la mauvaise conscience individuelle, l'État, l'entreprise et la *mise au pas de l'espace* n'étaient chez lui qu'une seule et même chose. Qui persécute K. ? Est-ce son surmoi ? l'État ? la société tout entière ? son directeur qui, lui reprochant une relation supposée avec une fille de seize ans, le prévient qu'il « garde un œil sur lui » ? la ville elle-même, dévitalisée, exsangue ? Son corps dégingandé se confond en tout cas avec ses lignes métalliques, qui semblent vouloir le vider à son tour de toute énergie vitale et charnelle, le neutraliser. On sait ce que le rationalisme architectural de Le Corbusier doit à son adhésion au fascisme, à son antisémitisme même : c'est en son cœur que Welles situe la machine destructrice du procès. Les assurances, la modernité de métal et de verre, la liberté contractuelle ne recèlent pas moins de puissance oppressive que l'archaïsme étatique ou les superstitions de village.

Il est, de même, possible de lire dans la *Recherche* l'adieu à un monde que la technique n'avait pas encore pleinement asservi – un monde charnel – et cet adieu nostalgique est aussi juif que l'horreur kafkaïenne :

> L'idée de perfection que je portais en moi, je l'avais prêtée alors à la hauteur d'une victoria, à la maigreur de ces

chevaux furieux et légers comme des guêpes, les yeux injectés de sang comme les cruels chevaux de Diomède, et que maintenant, pris d'un désir de revoir ce que j'avais aimé, aussi ardent que celui qui me poussait bien des années auparavant dans ces mêmes chemins, je voulais avoir de nouveau sous les yeux, au moment où l'énorme cocher de Mme Swann, surveillé par un petit groom gros comme le poing et aussi enfantin que saint Georges, essayait de maîtriser leurs ailes d'acier qui se débattaient effarouchées et palpitantes. Hélas ! il n'y avait plus que des automobiles conduites par des mécaniciens moustachus qu'accompagnaient de grands valets de pied.

Notons que cette attitude n'exclut nullement une forme de mythification de la technique : le téléphone a pour divinités tutélaires les « Filles de la Nuit », les bombardements de la Grande Guerre font penser à la Chevauchée des Walkyries. Mais Proust a vu que l'outil technique nous offusquait la beauté simple et directe de l'instant, comme il fait de la chair aimée. Au narrateur de la *Recherche*, la voix de sa grand-mère, entendue au téléphone, semble celle d'une morte, avant qu'il ne cesse complètement de la *percevoir*. « Ma grand'mère ne m'entendait plus, elle n'était plus en communication avec moi, nous avions cessé d'être en face l'un de l'autre, d'être l'un pour l'autre audibles, je continuais à l'interpeller en tâtonnant dans la nuit, sentant que des appels d'elle aussi devaient s'égarer. » Ces mots si tristes disent la perte avant la perte, quand il n'est pas même besoin d'être littéralement endeuillé pour l'être – une privation qui, pour être moins sanglante que le deuil même, nous navre davantage : l'habitude de se parler sans se voir, sans se pénétrer du regard, fait plus de mal à nos chairs et à nos âmes que ne leur en fait la mort. De nos jours, l'écran *fait écran* en même temps qu'il nous relie aux autres. Le réel est impensable : invivable le rend la technique.

En nous renfermant derrière nos ordinateurs, l'épidémie de coronavirus nous a séparés de ceux que nous aimons ou que nous pourrions encore rencontrer, et cela n'est sans doute pas la moindre des plaies qu'elle aura suscitées. Je me prends d'ailleurs même à rêver d'une telle épidémie sans Zoom : peut-être en aurions-nous triomphé autrement, contraints que nous aurions alors été, pour vivre, de regagner aussi vite que possible l'espace matériel des baisers et des serrements de main.

Le règne du fétiche a commencé bien avant la fatidique année 2020, mais c'est au cours de celle-ci que la guerre a été déclarée de front à ce qui nous restait de chair. On sait depuis la Bible que l'idole tue : jamais cela n'a été si vrai qu'avec la suspension de chaque souffle aux idoles électroniques. Et jamais la conscience hébraïque – celle des « Juifs charnels » – n'aura, peut-être, été aussi précieuse. Mailer relève dans *Prisonnier du sexe* que l'accusation visant le prétendu technicisme juif était en fait solidaire du piège techniciste nazi, qu'il compare à une ruse du Diable visant à priver l'homme de ses racines : depuis l'émergence du christianisme, le peuple juif n'a jamais cessé de constituer un lien vivant entre une humanité progressivement homogénéisée et contrôlée par la technique, et son passé charnel.

Le procès de la chair est coextensif au règne de la technique. Or celle-ci naquit vraiment quand la chair se trouva *réfutée*, ce que fit seul le christianisme en proclamant qu'il n'y avait plus ni Juif ni Grec et en dénonçant la famille organique – en annulant même le père en la personne de Joseph, ce cocu cosmique. La réprobation de l'Israël charnel, auquel le christianisme substituait l'élection spirituelle, devait suivre. Je suivrai donc Mailer lorsqu'il ose renverser le reproche antisémite en l'adressant au christianisme : la rupture avec la loi de la tribu est précisément ce qui a libéré la technique, « ce moment où Jésus se montra prêt à pardonner les fils pour les fautes de leurs pères. Jamais plus puissant coup n'avait été porté contre la tradition primitive ». La peur que le sacrilège ne détruise la tribu était soudainement ôtée. On n'était plus le fils de son père ou de sa terre, mais de Dieu, on n'était plus sorti du *ventre* d'une femme mais de la pensée transcendante du Très-Haut. Qu'importe, dès lors, que l'on naisse par amour ou par don de sperme[13] ?

Jésus déclarait : « Si quelqu'un vient à moi et ne déteste pas son père, sa mère, sa femme, ses enfants, ses frères, ses sœurs et jusqu'à sa vie, il ne peut pas être mon disciple. » Je dis souvent que jusqu'à ces mots terribles, j'aime cet homme, comme j'aime la chair de ma chair, j'aime ce grand révolté juif ; du moment où ils sont prononcés, la rupture est cependant consommée. Il a tué la famille, il a condamné la nature : c'est à cet instant, et non au Sinaï, que « le Grand Pan est mort ». Dès lors, le christianisme ne pouvait que se constituer en rejet du « Juif charnel ».

Or ce rejet fut pour l'Occident la bombe à retardement qui devait précipiter, comme nous le voyons à présent, sa propre neutralisation. Il a fallu deux mille ans pour que sa destruction, amorcée dès ses anciens triomphes, s'achève. Par la prohibition, au Moyen Âge, d'unions trop « consanguines », par la puissance accordée au confesseur et au directeur de conscience sur les parents et les époux, par le commerce triangulaire, et puis l'exode rural et la loi des machines, des ordinateurs, du laboratoire et de l'épuisette, par la possibilité donnée aux États d'un contrôle sans bornes. Deux mille ans de lutte contre ce qui restait, au creux de la chrétienté, de paganisme et de magie, de carnalité – et au terme desquels le christianisme est devenu le transhumanisme qu'il était déjà.

La condamnation de la chair une fois prononcée, l'utopie techniciste devait fatalement advenir. Un autre que Mailer l'a dit d'ailleurs un peu plus d'un siècle avant lui : Michelet, qui voyait déjà dans le christianisme l'origine de l'asservissement technique, et l'exprimait en ces termes mêmes dans son livre de 1846, *Le Peuple*. Pour la première fois était analysé le désastre du machinisme. Machinisme, comme la machine mais aussi, nous y reviendrons, comme l'*animal-machine* de Descartes, doctrine désignée en effet, du temps de Michelet, par ce mot qu'il fut le premier à employer autrement. Tout se tient donc, de la réduction de la vie animale au rang de matière première à la mise au pas du désir en passant par le règne des machines et le saccage de la filiation.

On le voit avec la procréation artificielle, qui façonne des liens familiaux désincarnés, *dévitalisés*. La féministe américaine Kate Millett, ennemie et cible de Mailer dans *Prisonnier du sexe*, défendait dans les années 60 la bureaucratisation de l'éducation, et surtout sa séparation pure et simple de la famille charnelle : le projet était d'éduquer les enfants, si possible fabriqués à grande échelle, sans contact sexuel, dans des pépinières laissant aux femmes un usage parfaitement libre de leurs corps. Mariage du capitalisme et du progressisme, *immanentisation*, si l'on peut dire, du message chrétien. On connaît les formes extrêmes et meurtrières que, sous l'influence du marxisme, cette pensée avait prise ou allait prendre en Russie et en Chine[14].

Tout se tient donc et l'on comprend comment la pensée critique a été pour ainsi dire produite par la réflexion *sur* et la mise à distance du judaïsme. L'identification de la chair à la lettre qui tue a engendré l'antisémitisme – et, finalement, la haine de soi de l'Occident, toujours trop juif ou trop païen, trop tribal aux yeux de ses rejetons, trop charnel. La Seconde Épître aux Corinthiens proclame que la lettre tue tandis que l'esprit vivifie. La lettre serait à l'esprit ce que le corps est à l'âme. Elle est du côté de la mort… et les Juifs sont avec elle, avec la lettre mortifère. Leurs rites *scripturaires* empêchent de vivre, quand ils ne tuent pas carrément : de l'accusation de pharisaïsme à celle de *crime rituel*, il n'y avait qu'un pas. Et l'une et l'autre accusations expliquent pourquoi l'Occident, en rejetant la chair, se condamnait, à terme, à la mièvrerie, au robotisme, et aussi au scolasticisme, leur corollaire analysé plus haut.

En fait, cette vision repose sur un contresens : la chair n'est pas du côté de la lettre mais du *souffle*, et le judaïsme, qui est charnel, est par là même, tout entier *critique* de la lettre. La Torah est orale avant d'être écrite[15]. Défendre la chair, pour moi, c'est encore formuler une critique de la lettre, mais au nom du souffle qui l'habite et peut la subvertir, non pas au nom d'un esprit que nul ne voit et qui planerait miraculeusement à côté d'elle. C'est se souvenir que l'idole peut justement être de mots.

Reste qu'en même temps que s'opéraient ce contresens et ses funestes conséquences, c'est la « pensée », *toute* pensée, telle que cette civilisation devait désormais comprendre ce mot, qui se voyait structurée. Elle l'était en quelque sorte par antijudaïsme lui-même : pour un Occidental, penser, c'est regarder derrière la lettre, c'est toucher cet « esprit » qui plane au-dessus d'elle. Voilà qui explique que le demi-habile – l'homme qui pense, l'homme à qui on ne la fait pas – soit souvent antisémite, et l'antisémite un demi-habile la plupart du temps : la demi-habileté n'est rien d'autre que le babil de la pensée critique, étant entendu qu'il y a beaucoup d'appelés mais peu d'élus à la gnose authentique, laquelle vise, à certaines conditions, l'au-delà du verset[16].

La modernité technique est à la fois procès de la chair et, au fond, continuation du christianisme comme rejet du judaïsme, c'est-à-dire de la religion charnelle. Rejoignant Mailer, Jean-Claude Milner voit dans la délivrance des liens de chair par la technique (le clonage ou la conception massifiée d'enfants en laboratoire) une sorte d'antisémitisme métaphysique – ou d'accomplissement de l'Occident comme antijudaïsme, comme procès de la chair. Et que de nombreux Juifs s'y prêtent aussi ne change rien à l'affaire : il y eut des Juifs bolcheviks comme il y eut des patriotes « israélites » sympathisant avec les thèses antisémites, voire des Juifs fascistes, et il existe de nos jours un fascisme israélien plus ou moins teinté de fanatisme religieux. Il y a d'ailleurs bien des Juives, dirait Roth, pour masquer la singularité obstinée de leur chair sous un nez redessiné au bistouri…

Le monothéisme chrétien fut le seul assassin des divinités de la nature. Du village encore païen de Gagliano, Carlo Levi écrit dans *Le Christ s'est arrêté à Eboli* : « Le Christ n'est jamais arrivé ici, ni le temps, ni l'âme individuelle, ni l'espoir, ni la liaison entre causes et effets, ni la raison, ni l'histoire… Les saisons coulent sur les labeurs paysans, aujourd'hui comme trois mille ans avant Jésus-Christ. » Le défaut de christianisme est défaut de modernité, de technique, de « conscience politique » : « les dieux de l'État et de la ville ne peuvent avoir leur culte dans ces argiles où règnent le loup et l'antique et noir sanglier, où aucun mur ne sépare le monde des hommes de celui des bêtes et des esprits ». Il revient aux Juifs – quel que soit leur degré d'affiliation – d'exhumer la vitalité païenne, enfouie, de l'Occident.

*

Que le nazisme ait été l'ultime manifestation d'un rejet ancien des Lumières et de la modernité, de la technique, voilà une affirmation qu'il conviendrait de nuancer : c'est en tout cas, à l'inverse, l'antimodernité d'un

Bernanos comme celle d'un René Char, leur hostilité à la Machine et à la surveillance, qui les ont amenés à l'antifascisme et à la Résistance. « Le cerveau, plein à craquer de machines, se demande le second dans ses *Feuillets d'Hypnos*, pourra-t-il encore garantir l'existence du mince ruisselet de rêve et d'évasion ? L'homme, d'un pas de somnambule, marche vers les mines meurtrières, conduit par le chant des inventeurs… »

Si l'on a souvent identifié les sources du nazisme dans le fonds, païen et irrationnel, du romantisme allemand, la pensée nazie reste opposée au pastoralisme panthéiste et nostalgique de Goethe, Herder et Hölderlin, voire de l'élite conservatrice de Weimar. Dans *La Dialectique de la Raison*, Adorno et Horkheimer ne disent pas autre chose que Bernanos lorsqu'ils montrent qu'une ligne va de la raison kantienne à la culture de masse contemporaine *en passant par Hitler* : il y aurait ainsi une continuité logique entre l'impérialisme de la raison transcendantale, kantienne, et « le décompte statistique des victimes des pogroms », entre le scientisme agressif et la réduction de l'homme à l'état de matériau. Le catholique monarchiste et le Juif marxiste s'entendent donc autour du même constat.

L'historien américain Jeffrey Herf, faisant sienne cette intuition, a décrit le nazisme comme un « modernisme réactionnaire » : il y montrait non seulement la fascination exercée par les machines et l'industrie, les zeppelins, les automobiles, les avions et les tanks, sur les idéologues du nazisme – mais encore l'implication des ingénieurs eux-mêmes dans la mise en place de l'État totalitaire. Il y eut un anticapitalisme des techniciens, et il ne devait rien au marxisme. Dès 1919, Hitler en appelait à vaincre la misère allemande « par l'acier allemand », et, sans craindre le ridicule, il définissait dans *Mein Kampf* la culture aryenne comme une synthèse de l'esprit grec et de la technologie germanique. Une fois au pouvoir, il devait se vautrer dans un technicisme brutal et meurtrier, mais apparemment si efficace qu'il se trouve encore des Allemands pour affirmer qu'en dépit de tous ses crimes, le mérite d'avoir créé les premières autoroutes revient de droit au Führer : qui sait ce que la gloire prudhommesque des entreprises ouest-allemandes ne devait pas à la technophilie hitlérienne ?

Tout cela ne pouvait qu'envelopper l'asservissement des hommes : Goebbels l'exprimait à sa manière, comparant le grand politicien vis-à-vis des masses à un ingénieur vis-à-vis des matériaux grossiers dont il extrait forme et énergie, en appelant à plusieurs reprises à un « romantisme d'acier », « revirilisé » par la technique. Après tout, c'est elle qui permettait à la voix d'Hitler de pénétrer tous les foyers allemands, qui donnerait à ses idées comme à ses troupes d'être véhiculées dans tout l'Empire et au-delà, de conquérir l'Europe puis d'engloutir dans un déluge de métal, de feu et de gaz six millions des miens. Interrogé par Claude Lanzmann dans *Shoah*, Suchomel, ancien SS, a résumé cela d'un mot : « Auschwitz était une usine, *eine Fabrik*. » Ce qui semble une simple analogie dans les manuels d'histoire devient, dans la bouche de ce fonctionnaire du crime, la vérité même du modernisme réactionnaire.

*

Du Juif, Durkheim a pu écrire dans *Le Suicide* : « Primitif par certains côtés, c'est, par d'autres, un cérébral et un raffiné. » C'est cette primitivité qui, selon le sociologue, expliquait que moins de Juifs, comparativement, se suicidaient que de catholiques – et moins de catholiques que de protestants. « Il a toute l'intelligence des modernes sans partager leur désespérance. » Alors que les antisémites de la Belle Époque voyaient les Juifs comme les agents d'une modernité techniciste et calculatrice, Durkheim insistait donc au moins en partie sur leur caractère archaïque. Or, dans son archaïsme même, le judaïsme indique la voie de la carnalité, et il le fait conscient de la violence qui lui est coextensive.

> Moi, je sais que mon défenseur vit, et le dernier
>   sur la terre, il se lèvera.
> Derrière ma peau, je me tiendrai debout,
> Depuis ma chair je contemplerai une divinité…

Ces mots de Job ont été diversement compris. Pour certains, ce que je traduis par « depuis ma chair » signifierait au contraire : « une fois libéré de ma chair ». Ça n'est pourtant pas ainsi que la plupart des commentateurs juifs ont interprété cette formule obscure. Le Zohar insiste par exemple : « depuis ma chair, réellement, non pas allégoriquement ». D'autres disent que le corps humain raconte Dieu, d'autres que Dieu s'incarne en tout homme. La chair est à la fois télescope et miroir, modèle réduit, contenu du « Lieu » de toutes choses et son contenant même.

L'éthique juive est une éthique de la chair, une éthique du sang. À ce titre, elle peut encore parler à tous. Elle le peut, surtout, face à ce qui me semble être un échec du christianisme : l'invincible attachement de celui-ci, empreint de mauvaise conscience, à la lettre et au rite. Or la chair se situe justement au-delà, ou en deçà, de la lettre comme de l'esprit. La lettre tue, oui, mais l'esprit également : seule la chair est vie, seule la chair vivifie.

Que la chair enveloppe cependant la mort est nécessaire : qui dit vie dit mort. C'est ce que le christianisme lui reproche, et c'est ce qu'il reproche aux Juifs et à leurs rites « mortifères ». Il nous faudrait cependant avoir le courage de penser aussi ce problème, sans craindre de donner raison à une accusation certainement inique. Dans le poème par lequel Jacob dit adieu à ses fils, la brutalité de deux de ses fils, dont l'un est l'ancêtre de Moïse, est rappelée dans les termes les plus sévères :

> Simon et Lévi sont frères ; sauvage est leur hérédité.
> De leur cercle n'approche, ô ma vie, ni n'unis mon honneur à leur communauté –
> Car par rage ils ont tué un homme, par méchanceté ils ont immolé un prince.
> Maudite leur rage : elle fut cruelle ; leur furie : elle fut inexorable ; je les séparerai dans Jacob, les disperserai dans Israël.

La tradition sacerdotale enseigne que, sur l'ordre de Moïse, les Hébreux firent un grand carnage parmi les Madianites, n'épargnant ni femmes ni hommes : seules les vierges auraient eu la vie sauve, afin que, libres d'en faire ce que bon leur semblait, ils se les réservassent. Je ne crois pas que ce massacre eut vraiment lieu. Il a sans doute été imaginé pour mieux cacher l'origine madianite du culte de YHWH. On voulait abolir le souvenir gênant de Jéthro et Zéphora, beau-père et épouse de Moïse, Madianites eux-mêmes ; ou, au contraire, peut-être que le prêtre qui écrivit cette histoire le fit pour souligner l'impureté de Moïse, jeter le discrédit sur sa descendance métissée : les Aaronides – les *kohanim* d'aujourd'hui – étaient jaloux de son prestige et la Torah porte en de multiples endroits la marque de leur rivalité avec la race de Moïse.

Toutefois, il n'est pas complètement à exclure qu'en dépit de ce qu'Israël semble devoir à cette population bédouine, une guerre se soit bel et bien produite à un moment, à la faveur de laquelle des fanatiques auraient en effet cherché à l'exterminer pour mieux *substituer* leur héritage au sien. Dans la mesure où l'on peut ainsi la réactiver, il est permis de dire qu'être juif, c'est aussi porter cette férocité, historique, mythique ou les deux à la fois, dans sa chair. En un sens, hélas, l'assassinat sauvage de Mohamed Abou Khdeir à l'été 2014 *est juif* : il n'épuise pas, bien sûr, l'être juif, mais il rend manifeste la latente cruauté de tout culte charnel[17].

De même qu'on s'est parfois complu à ne voir dans le Juif qu'une victime de l'histoire, incapable de répandre le sang, on a parfois aussi voulu ignorer qu'il est, comme n'importe qui, capable de violer : c'est le cliché du *nice Jewish boy*. Le Livre des Juges rapporte un crime épouvantable commis du temps où Israël était encore sans rois. Un Lévite vivant en Ephraïm voyage avec sa concubine sur les terres de la tribu voisine de Benjamin. La nuit venue, il l'abandonne aux hommes de la ville qui l'en pressaient ; ils la violent à tour de rôle et la brutalisent, la laissant finalement mourir sur le seuil de l'auberge. Le Lévite découvre la dépouille de sa concubine sans chagrin apparent, mais il s'en saisit et le découpe en douze morceaux qu'il envoie dans tout le territoire d'Israël. « On n'a jamais rien vu de pareil, s'écrient tous ceux qui entendent alors ce récit, depuis le jour où Israël est sorti du pays d'Égypte jusqu'à présent ! » Il s'ensuit une guerre civile au cours de laquelle la tribu de Benjamin manque d'être éradiquée.

Jusqu'à récemment, j'aurais pu dire de ce récit qu'il nous évoquait quelque pays lointain et barbare, où les femmes sont traitées comme des bêtes et même pis que cela, l'Inde, le Pakistan peut-être, la Crète de *Zorba le Grec* où, faute de réussir à la posséder, les hommes du village lapident la veuve qu'ils convoitent. Plus que l'affaire Weinstein, les crimes reprochés à Jeffrey Epstein sont venus nous rappeler qu'un Occidental et, en l'espèce, un Juif, pouvait se comporter comme le plus atroce des Sardanapale. Que le viol, notamment sous sa forme collective, était bien notre « *dirty secret* », toujours prêt à sortir de l'Enfer où la culture le tient à peu près enchaîné.

Il y a peu de temps, la société israélienne a été secouée, coup sur coup, par deux affaires de viol collectif. Un vice de forme a permis aux auteurs du premier de rentrer libres au pays et même d'y être accueillis dans l'allégresse ; le second a déclenché en revanche une indignation inouïe. À chaque fois, j'ai frémi de dégoût, songeant à la concubine du Lévite d'Ephraïm. Cette histoire est aussi celle de la chair, qui est violence et vie. En un sens, elles auront peut-être eu pour les Juifs et le monde qui les regarde une vertu cathartique, car on sait désormais ce que vaut la chair, qu'il faut la juguler, mais sans renoncer, car c'est impossible, à *faire avec* sa violence.

*

Je parle donc *depuis ma chair*. La filiation et la procréation en sont indissociables, surtout pour un Juif. Revenons-y. Et disons d'emblée ceci : tout parent veut à un moment *sacrifier* son enfant. Le geste d'Abraham ou d'Agamemnon, le rite sanglant de Moloch, sont horribles mais ils n'ont rien d'*aberrant*. Tout l'effort de la civilisation consistera à en limiter la portée : on va voir quelle solution a trouvée le judaïsme.

Il est bien des manières de sacrifier ses enfants. L'époque admet qu'au désir d'une descendance, l'on offre des créatures fabriquées à cet effet, sélectionnées, élaborées en laboratoire comme des OGM. Mais ce cas extrême ne dit pas tout de ce que la filiation peut receler de souffrances et la procréation, même naturelle, de crimes. De même, la brutalité et l'inceste, qui détruisent et corrompent, ne sont-ils pas tout. L'autel de l'ambition vaut parfois celui de la foi, de la patrie ou d'une quelconque idéologie. L'autel de l'amour aussi, et même celui de la tolérance. Le couple qui prend à témoin sa progéniture, ou de la passion qu'il persiste à se porter, ou de la haine à laquelle, les années aidant, cette passion a fait place, ne la sacrifie-t-elle pas également à sa façon ? On tue par le mépris ou l'inhumaine sévérité, mais qu'en est-il de l'indifférence, qu'en est-il de la licence ? Qu'en est-il de ces Big Brothers du cool qui, renonçant à être des parents, pénètrent comme *amis*, comme confidents, comme confesseurs, la conscience de leurs enfants ? Qui, ce faisant, se confient eux-mêmes, pointant du doigt ce que l'on ne devrait jamais voir d'aussi près – le *lieu* d'où l'on est venu au monde ? Le gosse à qui l'on a fait ça est aussi désarmé que devant une ceinture ou un martinet, et il ne sait même pas qu'il l'est. Il en est qui haïssent ceux qu'ils ont conçus dans la honte, excrétés dans la douleur : ils sont la vivante image de leur faillibilité ; mais d'autres les aiment, je crois, avec excès, ils les *dévoreraient* d'amour. On loue le jugement de Salomon : peut-être a-t-on raison, peut-être a-t-il reconnu en effet, au sacrifice qu'elle était prête à accepter – abandonnant son fils à sa rivale –, laquelle des deux putains venues réclamer justice disait la vérité. Mais n'en sait-on pas qui, comme l'autre, préféreraient au contraire voir leur enfant écartelé plutôt que d'avoir à le céder, à un père, une psychothérapeute, ou à une institutrice – une bru ? Qui l'étoufferaient comme la prostituée du Livre des Rois fit apparemment du sien par inadvertance ou, comme Catherine de Médicis, l'empoisonneraient de leur tutelle ? Si Dumas ment sur l'histoire, il nous livre, quant à l'amour maternel, une vérité fort profonde : visant Henri de Navarre, qu'elle hait et dont elle craint la victoire, Catherine ne parvient qu'à tuer son propre fils, Charles IX, qu'elle croyait protéger. « La Pietà de Michel-Ange, écrit Paglia, désigne l'immortalité féminine et la vulnérabilité masculine : en termes archétypaux, n'est-ce pas la Sainte Mère qui a vidé son fils de son sang ? » Les pères immolent et les mères castrent, c'est presque une règle : on immole en effet au dieu paternel, et l'on se castre pour la déesse. Et pourtant, aussi *sacrificielle* soit-elle, la chair doit être défendue : c'est par elle seule que nous sommes humains. Cette horreur est la vie même.

Voilà le présent du judaïsme – dernier lien vivant à l'Antiquité – au monde. Et nul rite mieux que celui de la circoncision, dépassement conjoint du sacrifice humain et de la castration rituelle – soit de la violence paternelle et de la violence maternelle – n'*incarne* cette dialectique.

Ce rite violent, charnel, nous dit que, tout en affirmant la virilité du petit Juif, on en sacrifie une part, marquant cette même virilité d'un sceau féminin. Voilà pourquoi l'on ne circoncit d'aucune manière la fille : elle a cette violence et cette magie, elle a en elle un infini. Lui seul doit être retiré au pouvoir matriciel de la mère, aux tentations régressives dont l'obsède son *anima*. Des *hommes* lui disent à ce moment, le tenant au pouvoir du couteau : « Tu es à moi, tu es à nous » – mais en *l'ouvrant* du même coup, parce qu'ils meurtrissent sa toute-puissance, à l'altérité sexuelle ; à l'infini ; au Neutre.

La circoncision est un recours contre la brutalité phallique, au point que certains versets choisis pour accompagner l'entrée dans l'Alliance font mine de s'adresser à l'enfançon comme à une fillette. « Et je la sens encore, la brûlure fantôme… une menace qui revient chaque fois que l'autre a mal », écrit Derrida dans *Circonfession*. Dans ce geste coïncident virilisation et androgynisation. On retire le garçon au pouvoir de la mère pour mieux lui donner de projeter sa propre féminité sur l'extérieur, sans s'y abîmer. Le circoncis est physiquement « ouvert[18] », et la circoncision est en même temps le premier de ces actes par lesquels on affranchit le garçon, le soustrayant à la molle tyrannie, à la cruauté en dentelles de sa génitrice.

L'enfant circoncis est *réinscrit* dans une chair qui dépasse autant son corps singulier que celui dont il est à peine sorti, dans la chair du peuple et des ancêtres. À la fin de *La Contrevie*, Philip Roth fait parler son héros en faveur de ce rite. Ce plaidoyer pour une pratique ancestrale et sanglante, venant d'un Juif athée, me bouleverse à chaque lecture.

> La circoncision affirme sans équivoque que tu es ici et pas là (*here and not there*), et aussi que tu es à moi, pas à eux. On n'y échappe pas : tu entres dans l'histoire par mon histoire et par moi. La circoncision est tout ce que la pastorale n'est pas, et à mon avis, elle conforte le sens du monde, qui n'est pas celui d'une unité sans conflit (*strifeless unity*). À sa manière très convaincante, la circoncision dément le rêve d'une vie matricielle, dans un superbe état d'innocence préhistorique, l'idylle séduisante de la vie *naturelle*, libérée de tout rituel fabriqué par l'homme. Naître, c'est perdre tout ça.

On a beau chercher, la vie innocente n'existe pas. Les chimpanzés et les bonobos, nos plus proches cousins dans le monde animal, peuvent se montrer d'une cruauté choquante : j'ai du mal à imaginer avec Rousseau les premiers singes qui, constituant notre lignée, se soient séparés de cette grande famille – où l'Antiquité puisa l'inspiration de ses satyres, le Moyen Âge de son *homme sauvage* – plus tendres que les autres hominiens. Une telle supposition n'est pas raisonnable et il faut avouer que l'homme est cruel dès l'origine, non en raison d'une déviance culturelle ou sociale, mais de ce qu'il est, du sang qui l'anime. Et pourtant, la nature, c'est-à-dire la loi du plus fort ou, à la lettre, la brutalité, est si confortable à qui sait y imposer son joug ! De là le franc démenti de la circoncision. Dire non à la nature mais le faire dans son langage même, ce langage qui est sang. Circoncire, c'est magnifier la chair en l'humiliant.

Une mère que je connais disait à son enfant, après que ce dernier eut mordu au sang son grand-père : « C'est une mauvaise décision. » Et de protester, comme s'il se fût agi d'atroces sévices, devant la gifle de l'aïeul. Elle était évidemment hostile à la circoncision, mais le plus remarquable est qu'elle ne l'était pas moins à la sexualité mâle (à la testostérone, comme elle disait avec une mine de dégoût). Je crois que tout cela se tient. Quoi de plus castrateur que de nier le mal ? La circoncision n'est rien d'autre que la reconnaissance, typiquement sacrificielle, du mal. Elle dit : la chair est violente, et l'on fait avec ; ne pouvant la renoncer, on la *transmute* par le rite et les mots. *Dans ton sang vis, dans ton sang vis !* Derrière l'aberrante rationalisation dont cette mère faisait preuve, il y avait une violence bien plus dévastatrice, car plus sournoise, que celle par exemple de la fessée ou, justement, de l'ablation du prépuce : celle qui consiste à faire croire à l'enfant qu'il peut, qu'il doit renoncer à ses pulsions sanglantes d'un mouvement intellectuel et parce qu'elles relèveraient précisément de la « décision ».

Dans le sacrifice de la circoncision, la violence qui nous possède de part en part est désignée, exprimée, extériorisée. Mais c'est un sacrifice à jamais présent dans la chair du mâle, et sans cesse rappelé, dans les prières les plus quotidiennes. Il oriente tout le reste et même la sustentation semble se faire en fonction de lui, puisque les Juifs pieux l'évoquent encore dans les actions de grâce du repas : *et pour l'alliance que tu as scellée dans notre chair*. Surprenant détail qui révèle le caractère d'*offrande* de cette alliance charnelle primordiale. Et son rapport à la carnalité, à la chair et à la chère, à la viande, ainsi qu'aux mots : *milah*, « circoncision », c'est aussi le « mot » en hébreu. Le mot qu'on donne à ses enfants, le mot qu'on avale, comme Ézéchiel l'a fait du rouleau sacré. Ce mot qui est distance à la chose, marge et apprentissage de la mort – le Neutre contre la neutralité. Par là le sexe, quoique à même le corps, devient autre à lui-même – et c'est ainsi qu'il est rendu à la chair, que la chair se constitue.

Dans *Le Meilleur des mondes*, John le Sauvage se retrouve en butte à une humanité robotique, infiniment frivole, une humanité qui a perdu le sens du tragique, de l'inconfort et de la souffrance. C'est le temps du Dernier

Homme nietzschéen, quand lui est un homme, tout simplement, un homme de sang. Enragé, il proclame : « *I'm claiming the right to be unhappy.* » Et Mustapha Mond de lui répondre qu'il a bien le droit de souffrir, mais que la société que lui dirige trouve tout simplement cela ringard. Dédain des bons, gentillesse de la poix dont, afin qu'ils brûlent plus vite, on frottait les sorcières et les marranes – souvent autocirconcis – condamnés au bûcher... La circoncision est avec John. Comme le disent ceux qui la dénoncent, elle est *sauvage* elle aussi. Elle réclame la chair, à laquelle elle dit : tu es à moi. Elle est du côté de Shakespeare et de Sophocle. Elle est le *satyre écorché*, elle est le contraire de la pastorale.

Le mensonge de toute mièvrerie, mensonge naturiste à l'origine mais qui ne peut que s'achever dans le machinisme, repose sur ce que Roth appelle la *strifeless unity*, l'unité sans conflit, évidemment fantasmatique. La nature est conflictuelle. Le chaos résiste et resurgit sans cesse. Le monde n'existe que décomposé, brisé dès l'origine, mais dynamisé de cette brisure.

Abraham est le premier à circoncire son fils. Le premier à dire, par ce geste : *here and not there*, tu es à moi, et pas à eux. La judéité sera chair et/mais coupure, à tout jamais – à l'infini. Non pas identité : rapport. On voit bien par là que ce qui se joue dans ce rite de sang ou de *passage*, c'est la réconciliation de l'impératif du blasphème (la révolution abrahamique réussie) et de celui de la transmission, la réunion, par la chair, du passé et du présent. Par étapes, le patriarche va se réconcilier avec le père qu'il a un jour offensé – en détruisant ses idoles. Il va en accepter comme nécessaires les torts et les manquements afin de pouvoir à son tour être père et mesurer les siens propres : on n'est impunément ni fils ni père. La première de ces étapes est la circoncision d'Isaac, et le même jour la sienne : châtiant sa chair, il la magnifie ; frappant là où la vie, où la paternité se transmettent, il dit leur sublime impureté, il dit la violence qui en est indissociable, il dit l'immortalité, dans la mort et dans la procréation.

La circoncision est tout à la fois coupure, sans cesse répétée, avec le passé, et transmission de ce passé. Dans ce geste qui rappelle celui par lequel les prêtres de Cybèle s'offraient à la déesse, il y a aussi ce dont ils n'étaient pas capables : la marge des mille et mille morts qui se font vie par la procréation, qui nous précèdent et nous font être. Ézéchiel décrit Israël comme une fillette gigotant dans son sang, abandonnée par ses parents, une Hittite et un Amorrite, des autochtones donc : la circoncision viendra la sauver de la mort qui lui était promise. On sait que cette pratique fut rapportée des rives du Nil : mythiquement attribuée à Abraham, Habirou ou Shasou errant des confins de la Mésopotamie à ceux de l'Égypte, l'ensemble d'Israël va se hisser par elle au-dessus de son enracinement, du piège de la matrice. Et c'est ainsi que, par-delà notre origine tellurique, il nous sera donné d'être, en même temps que d'ici, de *là-bas*. De faire l'expérience pleine et entière de notre carnalité sans la fétichiser.

La solitude des machines

> « On reproche souvent aux sexologues de faire du "jouir" un dieu païen, une exaltante réponse à l'absence de Dieu. Il me semble qu'il s'agit d'une opération exactement contraire : la banalisation tue le dieu Éros. En réduisant la sexualité à une mécanique, en lui enlevant radicalement tout caractère hors commun, épique, divin même au sens païen du terme, on fait du grand mystère et de la plus grisante ivresse du monde un verre d'eau avalé au comptoir d'un self-service. »
>
> Romain Gary, « Occident, sexualité, sexologie », texte paru en 1975

Lorsque nous étions en khâgne, il m'avait évoqué un projet de « roman en trois parties ». La première devait raconter l'échec d'une relation sexuelle, la deuxième le pis-aller de l'amour à plusieurs, la troisième (« située dans un monde dominé par la phénoménologie ») serait la synthèse des deux dans les délices de l'Éros solitaire.

Je ne sache pas qu'il ait jamais fini son livre, mais un œil jeté sur son profil Facebook m'apprit récemment qu'il lui avait donné une autre forme. Des centaines de photos de lui s'y succèdent assorties de réflexions philosophiques. Quant à sa « *cover picture* », elle constitue une sorte de chef-d'œuvre spéculaire. On y voit, dans une vaste chambre éclairée par une lumière un peu âcre, sur un bureau, parmi des piles de livres bien droites, un portrait en noir et blanc surmontant un élégant support en bois. Avec un peu d'efforts, on peut reconnaître que le visage est encore le sien.

Il n'y a pas de mal à s'aimer, me direz-vous : aime ton prochain *comme toi-même* ! Mais cet ancien camarade, c'est autre chose, et il en est d'ailleurs des millions comme lui. Facebook et Instagram ont consacré un genre d'amour de soi, je ne dirais pas passionné (il n'y a là aucune passion) mais *exclusif* : dans l'histoire de l'Éros, c'est une nouveauté. La mise en scène de cet amour peut d'ailleurs servir à rameuter quelques admirateurs ou admiratrices : plus une instagrameuse a l'air d'aimer sa propre personne, plus on l'aimera. Plus le monde qui l'entoure est absorbé dans celui qu'elle a dans la tête, mieux il tournera autour d'elle comme les planètes autour de leur soleil. À la fin, pourtant, l'instagrameuse ne veut rien d'autre qu'une foule d'admirateurs se caressant aussi frénétiquement en pensant à elle qu'elle-même en pensant à soi.

Remarquez qu'on ne trouve même plus inconvenant, lorsqu'une personne décède, artiste, savant, héros de la Résistance, que les hommages qui lui sont rendus soient presque systématiquement subordonnés à une forme ou une autre d'autopromotion. On s'exhibe avec le défunt, on s'adresse à lui en rappelant aux autres à quel point on lui était lié, qu'on le fût réellement ou non. Tel écrivain meurt, qui avait consacré sa vie à raconter la peinture et les peintres, et voici la manière dont un journaliste en parle : « J'ai eu le *plaisir* de rencontrer G. B., qui nous a quitté (*sic*) à l'âge de quatre-vingt-cinq ans. C'était chez lui, à Bordeaux, en janvier 2013. Nous nous sommes souvent revus depuis. Nous partagions *les mêmes passions* : Poussin et Corrège, le saint-estèphe et l'Italie, les Variations Goldberg. Pour lui rendre hommage, je relis *l'émouvant* entretien qu'il *m*'a accordé, publié chez... l'année dernière. » Les italiques sont de moi.

Ce solipsisme est l'une des nombreuses lèpres morales – sève refoulée de nos êtres se corrompant elle-même – résultant de notre soumission aux machines. Celles-ci nous stérilisent en nous privant du visage de l'autre et de sa chair. L'homme « sans couilles » soviétique, dont parle vertement David Herbert Lawrence dans *L'Amant de Lady Chatterley*, c'est l'homme-machine : force est de reconnaître que le Narcisse facebookien en est plus proche que le fonctionnaire ou l'ouvrier stakhanoviste. La désaffiliation produit le machinisme, ou le machinisme la désaffiliation : nous avons vu où débutait cette histoire. L'un et l'autre produisent la solitude, la solitude l'onanisme, l'onanisme le solipsisme. À moins que le solipsisme ne vienne d'abord. Ou que tout cela vienne ensemble. Le procès de la chair, en tout cas, est aussi là : d'un côté nous sommes abandonnés à une individualité sans racines, de l'autre beaucoup d'entre nous s'aiment désormais bien trop pour faire l'amour. Dans le *Tiers Livre*, Panurge ne veut pas que Dieu le trouve « les couilles pleines au Jugement » : qu'à cela ne tienne, il prendra femme. L'homme d'aujourd'hui s'en dispense plus facilement.

La prépondérance qu'a prise la masturbation dans les représentations sexuelles est l'un des phénomènes les plus remarquables de la sexualité contemporaine. Cela est particulièrement frappant depuis l'épidémie de coronavirus, qui a vu naître un véritable genre « cinématographique » : la vidéo de conseils onanistes, aisément partageable sur les réseaux sociaux car dépourvue de matériaux graphiques, aussi gentille et rassurante qu'aseptisée, dépourvue de toute drôlerie – sinon d'un certain ricanement forcé et stéréotypé. La solitude y est célébrée, l'échec raconté comme un triomphe : être seul à pouvoir se donner du plaisir, avance l'une de ces expertes, c'est une « opportunité » pour s'aimer davantage. Partenaire, opportunité – encore et toujours le (non-)langage entrepreneurial.

Chez les hommes, pour lesquels la caresse est d'abord *cosa mentale*, il faudrait distinguer – ce que ces vidéos se gardent bien de faire – la masturbation, qui peut du reste se pratiquer à deux, de l'onanisme. Dans la première, le sujet se laisse pénétrer, voire fertiliser par l'objet de son désir. Dans le second, il le domine et s'en sert, se célébrant soi-même. La première peut être hallucinatoire ou profanatoire, sacrificielle, comique ; le second est cartésien, propre et sérieux.

L'onaniste serait ce masturbateur dépouillé de toute adoration pour son objet, d'un sadisme froid et scientifique, littéralement *stérile*. Onan ne répand pas sa semence par plaisir ou même par souci sacrilège : cet acte désigne chez lui le refus de créer en inscrivant sa chair et sa jouissance dans une existence plus grande qu'elles.

Au contraire, si l'on prend le Cherubino des *Noces de Figaro*, ce viril efféminé, il est *amant* jusque dans sa débauche solitaire. C'est un masturbateur, et non un onaniste. De même, le *male gaze* hitchcockien, masturbatoire à n'en pas douter, est corrélé au sacre de la femme apollinienne : contrairement à ce que prétend Laura Mulvey dans le funeste « *Visual Pleasure and Narrative Cinema* », il ne s'agit pas, pour le Scottie de *Vertigo*, de soumettre une femme passive à la force de son désir, mais de se laisser envahir par elle, par son pouvoir immémorial, charnel et spectral – par sa féminité de déesse mère. Scottie et Madeleine sont au moins, l'un comme l'autre, aussi masochistes que sadiques.

Il est remarquable qu'à l'heure où cette qualité de regard est absurdement dénoncée comme « objectivante », l'œil du consommateur de pornographie, lui, réduit la femme dont il use au rang d'instrument, et d'une façon paroxystique. Comme si la chasse au désir dans le champ de la culture officielle, autorisée, ne pouvait que l'aigrir en le forçant à gagner, comme un rat, la cave ou le grenier pour se donner libre cours.

Et l'imbécile idolâtrie que le corps mâle se porte dans la pratique onaniste est étrangement solidaire du dégoût de soi que tant d'autres éprouvent. Par exemple, l'époque déteste le sperme (fréquemment évoqué avec des mines de dégoût, comme la testostérone) ou vénère son simulacre dans la pornographie, mais alors c'est comme précipité chimique, et l'on jouit non de l'énergie sensuelle qu'il exprime, mais de l'objectivité qu'il semble donner au plaisir. Le peine-à-jouir – type même de l'homme d'aujourd'hui – sait au moins, en le contemplant si visible, qu'il a joui.

De l'onanisme dérive le robot sexuel, qui désigne explicitement le lien entre le monde des machines et cette pratique – cet état d'esprit, devrais-je plutôt dire, puisque je le distingue de la masturbation avec laquelle, pourtant, il pourrait se confondre comme pratique. Le divorce de la chair et de la procréation, évoqué au chapitre précédent, est complété dans le robot sexuel d'un second divorce, plus surprenant : celui de la chair et de la jouissance.

Lorsque la presse a cru bon d'évoquer ce sujet, la question principale n'a été, à ma connaissance, pas évoquée une fois. C'est qu'il ne s'agit de savoir ni si l'apparence stéréotypée de ces machines accroîtra l'« objectivation » du corps féminin, ni s'il est immoral ou non de commercialiser des robots confectionnés à l'effigie de fillettes, ou que leurs propriétaires tortureraient, « tueraient » à leur guise, ou qui seraient programmés pour refuser des avances et se faire ensuite « violer ». Que l'on voie là autant de catalyseurs de la violence ou d'exutoires légitimes, l'essentiel est ailleurs que dans ces raisonnements moralisants.

Je tiens que même si l'usage de tels robots était uniquement paisible et ludique, même si les robots-fillettes ou les robots-à-violer étaient interdits, enfin même si l'on se mettait à confectionner des femmes électroniques non épilées, obèses ou correspondant aux « critères de beauté » *queer*, ou encore des robots masculins, ceux-là stéréotypés ou non – nous aurions à nous inquiéter. Car l'essentiel est bien que l'empathie, la capacité de leurs usagers à développer des relations intimes s'en ressentiraient. L'essentiel est que, comme l'annonce une marque qui commercialise ces engins, on puisse voir dans l'espace qu'ils aident à constituer un « *safe space* », encore un, lieu sans microbes ni déceptions. C'est le sens même de ce qu'est la chair que de tels automates achèveraient ainsi de nous faire perdre. J'ai la faiblesse de penser que ce combat vaut mieux que la « lutte contre les stéréotypes ».

Une psychologue affirme que lorsque les robots sexuels feront partie de nos vies, ils ne remplaceront pas la sexualité conjugale mais la complèteront : avec eux, nous aurons des rapports sexuels banals, propres à épancher nos besoins *automatiques* de sexe, et des moments uniques avec nos aimés, nos compagnons de chair et de sang. Mais ces moments uniques seraient-ils possibles sans les temps morts de l'humble vie à deux ? Et ces temps morts le sont-ils du reste vraiment ? Quant à ceux qui voient justement dans la diffusion de ces objets une aubaine parce qu'ils permettraient de contrôler les pulsions violentes en les isolant de l'acte sexuel, ne comprennent-ils pas que cette activité, sans la violence qui la hante, vaut autant qu'un frottis médical ?

Une façon commode d'en finir avec la chair est de réduire le *désir* au *besoin* : ramener le sexe et le sang à la matière, le savoir sexuel, charnel, à une *science de la sexualité*. La profondeur de la jouissance sexuelle est proportionnée à la possibilité du refus émis par l'être désiré : la Belle Dame sans Merci a le chevalier languissant en son pouvoir. Faire l'amour, c'est être *en relation avec* l'Autre, c'est se risquer à plaire et à déplaire, c'est jouir, faire jouir et jouir en retour de la jouissance procurée, c'est souffrir aussi. Quant au désir, il consiste toujours, non seulement à désirer jouir d'un corps, mais aussi, surtout, à *désirer le désir* de ce corps, de cette âme, à vouloir en triompher. C'est en ce sens que le désir, plus que le dépassement du besoin, en est la négation.

La Révolution sexuelle elle-même, au lieu de se laisser inspirer par l'art, en est peut-être trop tôt venue à lui préférer un langage médical et neutre, troquant son délire contre la « science », le désir contre le besoin. De là les robots, les *apps* ou la procréation artificielle. On est passé d'une *poétique* à une *technique* du sexe : le critique marxiste Lionel Trilling analysait à peu près en ces termes le fameux Rapport Kinsey – la première recherche statistique de grande ampleur ayant porté sur les mœurs sexuelles et parue aux États-Unis de 1948 à 1953. « La question se pose, écrit-il dans *The Liberal Imagination*, de savoir si ce rapport ne cause pas du tort en encourageant à embrasser une attitude mécanique face à la vie. » La Vénus, *alma Venus*, de Lucrèce présidait à la science en même temps qu'à la vie universelle, au mouvement des astres, moissons et naissances. Désormais, dit Trilling, c'est la science (hygiène, statistiques ou thermodynamique) qui corsète cette déesse à coups de « fréquence moyenne » des rapports. Où le sexe s'épuiserait dans sa dimension physique, où les émotions mêmes se voient traitées comme autant de « superstructures ». Le Rapport Kinsey traite le sexe avec un indifférentisme tout américain, un « pluralisme démocratique » dans lequel Tocqueville eût retrouvé la manie de l'égalité qui travaillait déjà l'Amérique de 1830. Lorsqu'il parle des « bonnes mœurs » américaines – qu'il ne manque pas de louer –, il évoque en effet le « tour sérieux, calculateur et positif » que la démocratie fait prendre à l'esprit des hommes, jusque dans leurs plaisirs. Le sexe en devient banal, banal parce que mesurable, parce qu'*égal* à n'importe quoi d'autre. Certes on ne châtrera plus l'homme pour l'enfermer dans une prison de pureté et de sentiments élevés : c'est l'inverse. Les sexologues mutilent le sexe de l'infini qui l'habite, de sa beauté comme de l'effroi qu'il pourrait susciter. De sa mythologie.

De plus, il est manifeste que l'hypersexualisation est devenue la complice inattendue du puritanisme. On voit ce qu'il en est avec le voile intégral. Paglia a suggéré que l'intérêt des stylistes pour la mode islamique, pour le voile, pouvait être une sorte de réponse à la banalisation de la nudité. Le voile ordinaire est à mon sens l'équivalent islamique du *trigger warning* : la nudité fait trop mal, on s'en protège comme on peut, de mots ou bien de hardes. Peut-être aussi que de cette façon l'on cherche inconsciemment à y reprendre goût, à s'en désennuyer ? Mais le *niqab*, le voile intégral, mais l'ample *djilbeb* font corps avec la pleine lumière, avec cette façon d'envisager la chair comme un insignifiant tas d'organes auquel on fait rendre raison : le voile intégral n'est que le retournement du gros plan anatomique. Soit dit en passant, le judaïsme connaît depuis quelques décennies – peut-être parallèlement à son retour dans l'islam – une manie de pudeur que certains rabbins voudraient nous présenter comme *normale* quand un simple coup d'œil aux portraits photographiques de leurs mères et aïeules permettrait de voir que les plus pieuses d'entre elles étaient bien moins « modestes » que leurs femmes ou leurs filles.

Le pendant occidental du voile, c'est la manière dont on fait du moindre regard, de la moindre poignée de main, du contact physique le plus infime l'équivalent d'une pénétration à dénoncer. Mais le voile est à tout prendre plus honnête puisque les féministes désexualisent d'un autre côté la minijupe et le décolleté : les femmes ne les porteraient que pour elles-mêmes, et il faudrait vraiment n'être qu'un « porc » pour « penser à mal ».

Quand le sexe est partout, une monogamie fidèle s'avère parfois moins austère, plus bachique, que l'indifférence avec laquelle, pourvu que la chose ait été explicitement consentie auparavant, certains changent de partenaires et de prestations sexuelles « osées » au rythme effréné des algorithmes de leurs applications de rencontres. Alors qu'un « Je vous aime » se disait au premier regard – à tous le moins dans les films – aujourd'hui, c'est « Je t'aime » qui, sans mauvais goût, ne se dit plus qu'après des mois de négociation. Un « Je t'aime » si raisonnable qu'on préférerait ne pas l'entendre du tout. La chaste vertu est remplacée par la vertu égalitaire – et jamais plus difficile ne saurait alors être la lutte pour la chair.

Quant à la pornographie contemporaine, et quoiqu'elle continue à être en un sens un espace de liberté, force est de reconnaître que sa numérisation contribue surtout à stéréotyper nos fantasmes. Accessible d'un clic, sans même qu'il soit besoin de se cacher, elle émousse et attiédit nos imaginations, cautérise la force de notre passion par la facilité, par la pleine lumière qu'elle substitue au mystère charnel et à la débauche. Il n'est pas indifférent que nombre de consommateurs réguliers de ses produits ne soient même plus capables de toucher une femme, voire de bander « dans la vraie vie ».

L'activité sexuelle n'a, certes, jamais été aussi libre qu'aujourd'hui. Le résultat est qu'on ne fait qu'en revendiquer la banalisation : souvenez-vous de l'étonnante vulgarité des slogans de la Marche du Climat (« Bouffe mon clito, pas le climat ! »), vulgarité sans débauche, sexe sans chair. La France diffère à cet égard des États-Unis : il y a dans la culture française une saturation du signifiant sexuel où peut aussi se noyer son signifié. Banni du cinéma américain – et, en même temps, réduit à une mécanique contractuelle dans la vie de ceux qui s'y livrent encore – il occupe, dans le nôtre, une place si grande qu'il en perd parfois sa puissance visuelle et symbolique. C'est que, depuis l'âge des cavernes, cette jouissance est redoutée autant que vénérée parce qu'elle n'est pas séparée du don de la vie, parce qu'elle contient la mort et le sang. Le rire sexuel lui-même provient de ce que mon corps, par son union à un autre corps, s'ouvre et se transcende, périt quelque peu en s'immortalisant : le grotesque du sexe est métaphysique. Le Cantique des Cantiques relie l'amour au Schéol, le séjour des défunts, tout en suggérant qu'il recèle les plus hauts secrets que l'âme puisse convoiter : c'est le Pardès, le jardin mystique... Pourquoi Cocteau nous a-t-il montré sa Belle abreuvant, comme on fait d'un infirme, ce prince hirsute et qui la répugne, dont le mufle, humilié par la hauteur de la caméra, s'éclaire ensuite en se relevant, de toute l'ardeur du noir et blanc d'Henri Alekan ? Et pourquoi le même acteur nous joua-t-il l'amoureux éconduit et le monstre – et l'amant victorieux plus tard surgi de sa dépouille ? C'est que la volupté *s'apprend*, et qu'elle est autant l'instinct dompté, civilisé – celui de la Bête –, que la politesse bestialisée – celle de la Belle, celle du Prince naguère métamorphosé. Cupidon terrifie Psyché qui, pour le reconquérir, devra même rapporter à Vénus une fiole contenant la beauté de Proserpine, déesse des Enfers : à ce prix naît Volupté.

Le robot permettrait une sexualité à la fois sans séduction ni mystère, débarrassée et de ce risque et de cet effroi. À supposer qu'on pourrait abolir par le pouvoir de ces machines le viol, la prostitution, la pédophilie, je maintiens qu'on y perdrait également ce qui jusqu'à présent a toujours constitué la *chair*. On y perdrait l'érotisme ou plutôt, selon le mot de Paul Audi, l'*érotique*, laquelle consiste, dans la définition qu'en donne ce philosophe, à s'arracher « à un érotisme tout trouvé, tout fait, déjà-là », à « jouer avec le plaisir au même titre que, dans les jeux de hasard, l'on joue avec le hasard ». L'érotique est tout à la fois fascination, jeu, évanescence, mystère, mais aussi *dégoût* et *douleur*, tout cela ensemble – ce que le robot ne permet pas. Elle ne choisit pas, elle surmonte au contraire le cliché, l'amour-vignette, le prêt-à-jouir, desquels le robot est bien la forme achevée.

⋆

Nous ne sommes pas des machines, moins encore des machines sophistiquées. C'est pourtant ce que soutient l'anthropologie matérialiste postcartésienne, celle du médecin et philosophe des Lumières La Mettrie, dans *L'Homme Machine*. À sa manière, le romantisme réagissait *au nom de la vie* et du sein même des Lumières, à cette pureté rationnelle. Car à moins de reconnaître à la vie, y compris chez les bêtes, une valeur propre et distincte de la matière dont elle procède en s'en écartant, on en est à un moment réduit à n'envisager, pour reprendre les termes de La Mettrie, la pensée et le plaisir que comme de simples « propriétés » de la matière organisée. À dire du corps qu'il n'est au fond qu'une *horloge*.

Une horloge pourtant répond à une mise en demeure et à une définition : elle donne l'heure, elle *doit* donner l'heure, quand l'homme ne doit rien du tout, rien du tout qu'aller à soi-même – mais comme on se perd sur une route écartée – et aux autres. Une horloge ne souffre pas, ne jouit pas davantage ; un corps si : dans son imperfection même, qui lui donne et de jouir et de souffrir, il possède une énergie qui l'élève au-dessus de la fatalité inorganique. Notre être est parsemé de mille *erreurs*, à commencer par notre capacité à connaître la douleur et à s'émouvoir, à vieillir, à mourir – et à craindre et pleurer tout cela. Mais en ces erreurs s'enracine notre intelligence : elle est incarnée et en cela, dans l'infériorité même qui en résulte, elle est supérieure à la froide immatérialité de l'intelligence artificielle. C'est d'elles, de ces erreurs, que nous tirons justement une énergie incomparable, et pour ainsi dire *immortelle*.

L'homoncule de Faust peut aussi être lu comme la figure de ce que serait une pure intelligence – l'intelligence artificielle et donc potentiellement parfaite. Si tu n'erres pas, lui dit cependant Méphisto, tu n'accèderas pas à la compréhension. Entendre : la véritable compréhension, humaine, divine parce que charnelle et *imparfaite*. Lui manque en effet la chair : il la recherchera au point d'y périr. C'est ce manque qui dit non seulement ce qui sépare l'homme de l'ordinateur, mais encore, dans son inintelligence même, ce qui l'élève au-dessus de tout artifice.

Seulement, dès lors que la nature commença d'être regardée comme une réserve de forces calculables et offertes à la conquête – la bête étant méprisamment réduite au rang de mode, parmi d'autres, de cette immense réserve – il devait à un moment en aller de même de l'homme. Une mise en demeure, une réification semblable à celle des autres vivants l'attendaient fatalement. L'homme-machine, c'est-à-dire l'homme efficace et mièvre – dont le pouls bat au rythme, non plus même de la rotation vertigineuse des turbines, mais du microprocesseur, et dont pourtant le cœur semble vouloir garder sa chaleur répugnante : de là que l'on souffre encore tant dans le monde des robots, que l'on s'assomme de psychotropes et d'antidépresseurs, que l'on se tue.

Nulle industrie n'a mieux permis l'arraisonnement de nos consciences que celle de la communication. Par elle la Machine, comme dit Bernanos, achève de penser pour nous, de penser *en* nous. Nous envisageant comme un fonds fini de signes combinables, elle en est arrivée à faire oublier à la jeunesse née sous le règne des écrans et des émoticônes, le saint amour du silence, du doute et de la *peur*. Aussi la voilà, cette jeunesse, qui s'étiole dans la solitude et dans l'ennui : jamais on n'a vu une génération à ce point sédentaire, à ce point abstinente – et cela était déjà vrai avant le coronavirus, qui fut pour beaucoup le coup de grâce, le couronnement d'un long processus où coïncidèrent règles compliquées, esseulement et robotisation.

C'est à cet égard que triomphe, quoique sous un visage nouveau, la morale victorienne. Ou plutôt devrait-on parler d'une puissance plus ancienne qu'elle, plus redoutable aussi, car le fascisme et le nazisme, mais aussi le bolchévisme et l'islamisme me semblent d'autres avatars de la même haine, d'autres formes également, meurtrières car devenues folles, de la même hypocrisie : dans le marxisme, écrit Camus, « l'homme n'est qu'un jeu de forces sur lequel on peut peser rationnellement », et le capitalisme pense à peu près de même, réussissant là où le marxisme ne pouvait qu'échouer ; l'idéologie de la neutralité pousse cette logique à son comble.

Le robot sexuel « incarne » le triomphe de ce que Camus désignait comme « la seule révolution psychologique que notre temps ait connue », à savoir celle opérée par le NKVD et son « hypothèse déterministe, calculant les points faibles et l'élasticité des âmes », où l'abstraction des instincts objectivés remplaçait la chair et ses sécrétions passionnées.

Camus mettait à part la psychanalyse, qu'il opposait à ce machinisme de l'âme et de la chair : il est remarquable qu'on veuille aujourd'hui en finir avec elle. Revanche du NKVD. Ou plutôt : NKVD sauvé par les écoles de management. Le langage de l'identité, comme celui des maux, est neutralisé. LGBT : ne voilà-t-il pas une autre manière de parler de l'Éros comme d'une chose ? Où l'on voit ce qui unit la Machine et la neutralité, contre la chair aussi bien que l'androgynie ou le Neutre. La « communauté LGBT » déroule les lettres qui la composent comme un contrat de vente ses conditions d'utilisation : LGBTQIA+, nul point de suspension, nulle ambiguïté, tout est dit, toutes les cases sont tracées. Commentant sévèrement, du haut de sa vertu égalitaire, le récit dans lequel Freud tente d'interpréter l'origine des troubles de Dora – la jeune hystérique qu'il soignait en 1905 – l'une de mes élèves s'écriait un jour : « Comment ose-t-il dire qu'elle se sentait attirée par son agresseur ? Il n'a donc pas vu qu'elle souffrait d'un PTSD ?! » Freud, le pauvre, vivait avant le temps des robots, lui répondis-je, quand on admettait encore qu'il n'était rien de plus compliqué que l'âme humaine. On ne savait pas ce qu'était un PTSD, qu'on n'appelait pas même de son nom complet – syndrome de stress post-traumatique. Mais on savait au moins que le désir est une chose pleine de mystère, et que même les mots véritables ne le peuvent complètement saisir.

Peut-être que toute l'histoire des hommes est celle de la chair que l'on veut mettre au pas, comme de ses rebuffades. Des efforts faits par la mièvrerie pour lui percer la mâchoire, où se révèlent le fond et la vérité de la détestation du sang : nul ne reste placide quand résiste la chair, et les fins les plus mièvres ont toujours justifié les barbaries les pires. Est-il impossible que dans un monde parfaitement aseptisé, l'on nous *impose* un jour la copulation androïdaire sous peine d'emprisonnement ou de castration chimique ? Je ne le pense pas. Dès lors que ces moyens existent, rien n'empêchera, si on le juge commode, qu'ils ne deviennent obligatoires – un peu de la même manière que ne pas avoir de téléphone portable vous met aujourd'hui au ban de la société, certaines compagnies l'exigeant purement et simplement de leurs employés.

MeToo, procès de la chair

> « Vous voulez juger, mais vous n'avez jamais vécu, jamais aimé. C'est pour ça que vous me détestez. Parce que vous êtes tous morts ! »
>
> Dominique Marceau, dans *La Vérité* d'Henri-Georges CLOUZOT

« *Me too* », moi aussi : je n'entends pas là le cri sublime de la femme libre et invaincue, mais un piaulement narcissique. Je ne vois pas la justice qui récrimine, mais un selfie syntaxique. Du solipsisme de l'ère mécanique à celui-là, une certaine logique se dégage.

Le mouvement qui porte ce nom n'est pas advenu parce que les femmes voulaient être traitées avec équité, justice et courtoisie, mais parce que certaines d'entre elles, de même que certains hommes, veulent subordonner une fois pour toutes le corps à la raison. Des hommes se retrouvent d'ailleurs aussi parmi les « victimes » désignées, de femmes ou d'autres hommes, et c'est comme homosexuel que Kevin Spacey expie aujourd'hui le passager désir qu'il eut, il y a trente ans peut-être, d'un éphèbe que l'époque répute à bien peu de frais martyr. Inversement, il arrive que l'on accuse des femmes, et l'on a par exemple vu en Amérique, quelques années avant *MeToo* proprement dit, une universitaire, la philosophe et linguiste Anna Stubblefield, condamnée à plus d'une décennie de prison pour avoir fait l'amour avec un garçon infirme auquel elle avait appris la lecture avant les caresses : sans consentement explicite du jeune débile, les juges ont tranché qu'il y avait eu viol… L'Amérique de *MeToo* est pleine de Gabrielle Russier : certains journaux de droite s'y sont fait une spécialité de dénoncer les rapports sexuels entre enseignants – enseignant*es* le plus souvent – et étudiants de quinze, seize ou dix-sept ans. Les commentaires vengeurs laissés par les internautes – généralement des républicains revendiqués – sont très instructifs et nous disent bien que le puritanisme « de gauche » et celui des « conservateurs » ne font qu'un.

MeToo n'est à mes yeux que le plus récent avatar d'un long procès, qui veut changer l'homme en *matériel humain* et en *effectif*, normer ce qui devrait échapper au contrôle et à la technique. « De nouvelles normes de consentement » : ça n'est pas la liberté qui hurle, mais la *policy* qui grimace.

Chacun savait naguère ce qu'était un viol. Il n'était pas forcément besoin d'un *non* : si le refus peut être feint, mimé par coquetterie, le consentement peut n'être pas moins insincère – arraché, lui, par la crainte ou la lassitude. Mais un regard suffisait à ce que la vérité fût sue : que la femme ne voulait pas, que l'amour, le désir n'étaient pas là. Le viol n'était pas « ambigu », il était brutalité et terreur. Prenez *Thelma et Louise* : lorsque Harlan force Thelma, qu'en dépit de ses cris, de ses pleurs, de la douleur qu'elle exprime, il persiste, quel châtiment mérite-t-il ? Je serais, moi, le dernier à l'épargner. En tout cas, il n'y a dans cette scène célèbre *aucune ambiguïté* – et l'apparente complicité qui les a unis l'instant d'avant n'y fait rien. *A contrario*, si la seule absence de consentement explicite suffit à le définir, alors en vérité nul ne peut plus dire où commence, où s'arrête le viol : que deux étudiants ivres finissent au lit, et l'on estimera ces ébats criminels.

On accuse la Révolution sexuelle d'avoir fini par livrer les femmes à la brutalité des hommes. Le moi humilié de ces fils trop couvés, de ces époux ratés, de ces petits chefs chabroliens sauta en effet parfois sur l'occasion qu'elle leur offrait pour faire payer ces femmes qu'ils sentaient si supérieures. Pasolini a vu ce que l'extrême licence signifiait : il en a fait *Salò ou les 120 journées de Sodome*. Pour Adorno et Horkheimer, le credo sadien s'apparente à une logique techniciste, qui ne peut que sanctionner la loi du plus fort : de cette « technique du sexe » dont j'ai parlé précédemment à l'oppression sexuelle, il y aurait un enchaînement inévitable. Michael Haneke a fait de son Don Giovanni un magnat libertin de Wall Street, désignant ainsi à la fois une certaine vérité des Lumières et une certaine vérité de l'ère présente, libérale et libertaire. Il y a du Sade dans l'enfer des tournantes comme il y en a dans les viols industriels de Daech : il y en a aussi chez Jeffrey Epstein et son princier acolyte, Andrew. Un gouffre sépare cependant le libertinage poétique – fût-il aussi sanglant que celui du Marquis – de son institutionnalisation politique et sociale. La contemplation lucide de la nature, le décèlement des secrets les plus cachés de la chair, sont très éloignés d'un *système* doctrinal. L'ardeur dionysiaque n'est pas la froide rationalité apollinienne – même si Sade les combine en effet. Le sacrilège gnostique n'est pas le matérialisme planificateur. Le Sade écrivain, en somme, est différent du Sade philosophe.

La légitimité de *MeToo* résiderait précisément dans le refus d'immoler l'amour – avec ce qu'il comporte de liberté et d'animalité, de violence même – à sa banalisation scientiste, à l'impératif de jouissance auquel la modernité nous soumet hypocritement. Mais j'affirme qu'en dépit de cela, en dépit de l'ignominie, incontestable, de trop nombreux hommes, il aura surtout été une nouvelle forme de discipline, le procès en règle de l'amour et de la chair, la consécration du plastique. *MeToo* fut la mascarade policière de la *propriety* américaine, asservissant au nom de la maîtrise de soi, visant l'abolition de toute solitude et clandestinité en vue de la sécurité, enchaînant la passion pour sauver l'ordre à tout prix. En *MeToo*, ça n'est pas la liberté des femmes qui s'exprime mais l'effort rationnel d'administrer totalement et efficacement les corps et la nature.

MeToo a commencé à l'automne 2017 et s'est poursuivi durant toute l'année académique et même un peu au-delà, jusqu'aux auditions, pourrait-on dire, de Brett Kavanaugh, ce juriste conservateur qu'une femme accusait d'avoir eu à son égard, au début des années 80, un comportement agressif. Ses auditions puis la décision du Sénat de le maintenir à la Cour suprême peuvent être vues, bien plus que la condamnation de Weinstein, comme la conclusion du mouvement *MeToo* proprement dit. J'aimerais dire tout de suite qu'on ne saurait voir, malgré quelques apparences superficielles, les Républicains comme les nouveaux compagnons de la chair : en 1998, William Buckley ne comparait-il pas le président Clinton à Abélard tout en déplorant qu'on ne pût lui administrer le même châtiment ? Je me suis toutefois trouvé soulagé, lorsque Kavanaugh a eu gain de cause, qu'au moins pour le moment, on ne croie pas juste de détruire l'existence d'un homme pour un baiser volé il y a quarante ans lors d'une fête étudiante.

Permettez-moi de haïr ces pudibonds.

Je les hais d'abord au nom des femmes violées : leur vindicte inconsidérée les a mises dans la même catégorie que celles « victimes » de blagues salaces ou de mains baladeuses. Je les hais aussi au nom des victimes de cette vindicte. Je ne parle pas des criminels, des violeurs : ceux-là, j'ai dit à l'instant que leur sort ne m'émouvait nullement. Je parle des pauvres pécheurs, des passionnés, des lourdauds peut-être, de ces blasphémateurs, de ces mécréants que l'on montre au doigt comme Urbain Grandier, brûlé à Loudun en 1634. Michelet avait vu que si les sorcières, des femmes, étaient les victimes pour ainsi dire obligées de l'idéologie décharnée – inquisitrice ou puritaine, chrétienne ou proto-cartésienne – du fait de leur intense carnalité, cette même idéologie pouvait aussi, le cas échéant, viser des hommes : il consacre à Grandier un long chapitre.

Reckoning, entendait-on partout au moment de *MeToo*, lorsque Kavanaugh se défendit devant le Sénat, et d'autres au sujet de délits ou d'offenses, de simples mots parfois, de *regards*, pour lesquels on leur demandait de payer, parfois jusqu'à cinquante ans plus tard : « les comptes », l'examen de conscience, mais on parle aussi de « *Day of Reckoning* », c'est-à-dire de Jugement Dernier, et cette connotation apocalyptique était évidemment tapie dans l'inconscient des furies iconoclastes. Le jour du jugement était arrivé : repentez-vous ! lisait-on partout – et sous la plume de gens en théorie parfaitement « éclairés ».

Il est arrivé par la suite que des comportements tout semblables, dans l'Amérique, cette fois, des fous de Dieu, mettent pour ainsi dire à nu les racines de ce qu'avait été *MeToo*. Je songe à la rumeur inepte faisant de Joe Biden, « *Creepy Joe* », un pédophile, parce qu'il a le malheur de poser plus facilement que d'autres ses mains sur une épaule ou une chevelure d'enfant. Plus grave, en septembre 2019, un garçonnet autiste, âgé de cinq ans, a été renvoyé d'une école du Tennessee pour avoir embrassé la joue d'une camarade, devenant dès lors aux yeux de la direction un « délinquant sexuel ». De *MeToo*, j'affirme que le renvoi de cet innocent est la vérité[19].

Je me rappelle les accusations, les confessions, les litanies envahissant la toile et même l'espace public : si, quant à la forme, on était parfois proche des cérémonies évangéliques, si la vieille peur du péché originel hantait ces « libéraux » revenus malgré eux au calvinisme intransigeant de leurs pères, je dois dire que j'ai vu à New York un homme alors soupçonné d'indécence, humilié à la synagogue par Madame le rabbin qui, pour l'occasion, prenait aussi bien que n'importe lequel de ces procureurs autoproclamés les traits d'un pasteur du Grand Réveil. Encalottée pour signifier, rabbiniquement, ce qu'elle appelait son féminisme, cette femme nasilla pendant des mois, les yeux mi-clos et se balançant comme un hassid, que l'essence du judaïsme résidait dans la lutte contre les discriminations et la séparation de « *love* » et de « *lust* », de l'amour et de la luxure. Cette rencontre inopinée du judaïsme libéral et de l'orthodoxie est d'autant plus triste qu'elle se fait donc sur le dos du sexe, que le premier a souvent prétendu défendre contre les préjugés de la seconde. Nulle communauté, aucun milieu ne fut, quoi qu'il en soit, épargné.

Nous assistâmes à un déluge d'impudeur. Tout à coup, l'on ne parla plus que de sexe, pour, bien sûr, le condamner à chaque fois. L'une de mes amies enseignait à l'époque dans un camp d'été. Un matin, tout le personnel ainsi que les adolescents se firent réveiller par une descente de police : quelqu'un avait dénoncé l'un des gamins. En quelques minutes, tout le camp sut avec qui celui-ci couchait, où et dans quelle position – et quel type de caresse il avait prodigué à l'intéressée. Parce qu'une autre vacancière – soit jalousie, soit bons sentiments, soit tout cela ensemble – avait jugé bon, ne sachant si elle était consentante, de la protéger, la pauvre vit son plaisir ruiné et crut mourir de honte.

Je me rappelle aussi, comme chacun sans doute, la véritable crise iconoclaste que déclencha *MeToo*.

Une pétition circula pour faire décrocher des murs du Metropolitan Museum la sensuelle *Thérèse* de Balthus. On éplucha les films avec leurs scènes de baiser, leurs étreintes. Plus récemment, le *New York Times* fit paraître un article soutenant sérieusement qu'il n'était plus possible de regarder « comme avant » les tableaux de Titien, surtout ceux mettant en scène le « violeur récidiviste » Jupiter… À peu de chose près, les termes sont ceux du dément qui s'en est pris en 1985, à l'Ermitage, à l'éjaculation d'or dont se nimbe la *Danaé* de Rembrandt. La différence est que le metooïste est légaliste.

Au demeurant, si l'on réinscrit *MeToo* dans une temporalité un peu plus longue – et sans forcément remonter au siècle dernier – on se souviendra de l'ignominieuse soumission du Premier ministre italien, en 2016, à la pudibonderie du président iranien : n'a-t-on pas alors, en l'honneur du barbare, couvert les nudités antiques des Musées capitolins ? Mais c'était dire en fait combien la modernité est aveugle au sombre et lumineux pouvoir de la chair. À tout prendre, on préfère une bigote voilée, qu'aucun regard, se raconte-t-on, ne *soumet*, aux hétaïres dénudées de Praxitèle. Le soubassement religieux de *MeToo* – qui se combine au caractère disciplinaire et moderne du mouvement – est nécessairement haine, avec le corps, de l'image : c'est d'ailleurs au sein d'un monde d'images, Hollywood, d'images et de corps à contempler, que l'éruption eut lieu.

Je me rappelle enfin la métamorphose de certaines femmes. Je les entendais quelques mois auparavant moquer gringalets et autres « gentils garçons » : ne voulant alors que d'un « mâle alpha », elles ne recherchaient, dans le sexe, qu'une boue que, tout à coup, elles rejetaient. J'en ai connu une qui m'expliquait il y a quelques années – et alors que rien ne l'y forçait – qu'elle ne pouvait « mouiller » que dans un ministère, lorsqu'un homme de pouvoir comprenait qu'il lui fallait la plaquer au mur. *MeToo* en a fait une notaire pleine de hargne, ne connaissant plus que le consentement et l'égalité arithmétique. Toutes s'étaient en effet réveillées : pendant des années, elles avaient en fait été victimes d'un viol à répétition, physique et intellectuel, mais désormais elles sauraient à chaque fois dire non, dire leur fait à ces mâles qu'au fond elles continueraient à chérir – quitte, bien sûr, à choisir pour la galerie un gentil garçon. Ces femmes, comme les hommes qu'elles accusaient en vrac, avaient peur, peur du regard métallique de leurs congénères plus « avancées », peur de leur propre vigueur.

Plus terrifiante peut-être fut la lâcheté de certains face aux accusations. Une histoire fit grand bruit à New York : un étudiant, aujourd'hui blanchi, fut accusé de viol par une jeune femme qui l'avait fait monter chez elle après une soirée festive. Deux « amis » du supposé violeur m'ont juré ne pas croire un instant à l'accusation. Ils se sont aussi empressés de me demander de n'en parler à personne : leur vie sociale était en jeu.

En France, le mouvement a moins pris, mais quand il l'a fait, c'est avec une brutalité toute propre à ce pays : *Balance ton porc* est, pour ainsi dire, la rencontre de deux bassesses, l'américaine, où les frustrations de la chair sont le plus souvent inconscientes, et la française, plus animale et aussi plus envieuse. L'Américain renie son humanité en se faisant robot ou, à la rigueur, protozoaire : son sexe lui est une gêne dont il se débarrasse commodément ; le Français, lui, est rat ou reptile, et tuera par appétit fruste plutôt que par froide mécanique. Dans la version française du mouvement, les haines et les rivalités étaient ainsi tristement palpables. Chaque nation possède une grandeur et une bassesse qui lui sont propres. Il y a un type du Français résistant, fait de bravoure et d'intrépidité mêlées de ruse et de sensualité ; incultes ou dégénérées, frustes comme celles du rongeur, c'est aussi sa sensualité et sa ruse – sans la bravoure – qui font le type du Français collabo. Julien Sorel, d'Artagnan, Dantès d'un côté ; Danglars de l'autre – le collabo éternel et archétypal.

J'ai vu à cette époque tant d'hypocrisie que les mots me manquent, car rien, non, rien ne me semble au vrai plus haïssable : j'en sais tant et tant qui n'ont pris fait et cause pour ce mouvement que parce qu'il leur inspirait la peur veule de voir un jour leur propre nom traîné dans la boue où l'on en jetait alors tant d'autres ! Eux avaient raison d'avoir peur. D'abjects bonshommes qui, par le passé, n'avaient guère de scrupules à se faire livrer leur ration hebdomadaire de chair fraîche dans les conditions les plus sordides, mais qui devaient s'imaginer que, leur position et l'oubli aidant, il n'y aurait pas, pour eux, de facture à régler. D'autres que j'ai vus menacer des voisines de dortoir de venir les « enculer » au réveil, ou évoquer leurs compagnes, leurs épouses même, comme je ne parlerais ni de mon chien ni de celui de mon ennemi, ou encore me raconter leurs exploits du temps où ils achetaient les faveurs d'Africaines clandestines sur le périphérique. Leur *MeToo* ne fut rien autre que l'éternelle *Calomnie* de Botticelli.

L'histoire, comme elle fait toujours, jugera à la fin les sermonneurs et les traîtres. Les arrière-neveux des juges de Salem ont maudit leur propre souche, changé de nom quand ils l'ont pu – tel Nathaniel Hawthorne, l'auteur de *La Lettre écarlate*, qui refusa de porter le nom d'Hathorne sous lequel il était né, parce que son ancêtre avait été l'un des assesseurs des procès de 1692. De même les petits-enfants de cette vermine lyncheuse comprendront peut-être, mis face au désastre robotique dont j'ai déjà parlé, que *MeToo* et *Balance ton porc* auront été l'un des moments de leur assujettissement. Mais avant d'en arriver là, les *propres enfants* de ces mères castratrices et de ces pères hypocrites, ces filles auxquelles on envie l'ardeur de la chair, ces garçons auxquels on n'a appris qu'à se haïr, en eux-mêmes, je le sais, ils maudissent déjà ceux qui leur ont fait ça.

*

L'essence de *MeToo*, c'est l'utopie de l'amour égalitaire et donc contractuel. Or l'égalité n'existe pas plus en ce domaine que l'universalité. Aimer, c'est se donner, *s'offrir* même, car on n'échange rien quand on aime. « Je n'ai que toi, toi qui ne m'as jamais connue et que j'ai toujours aimé », écrit l'Inconnue de Zweig. C'est parfois élever l'autre à soi, parfois s'élever soi-même à son contact :

l'amour est une initiation où la symétrie est de trop. Ainsi la Sulamite du Cantique des Cantiques peut-elle tantôt dire à son amant qu'elle l'a « éveillé » à l'endroit même où il fut conçu, tantôt lui demander de l'instruire :

> Te conduirais, t'emmènerais à la maison de ma mère ;
> là tu m'instruirais. Te baiserais de vin parfumé,
> du suc de ma grenade.
> Sa main gauche sous ma tête et sa main droite
> qui m'étreint !

Mellors, jardinier et prolétaire, apprend à Lady Chatterley qu'on peut faire un bûcher de ses pudeurs, « des plus profondes et des plus anciennes pudeurs aux endroits les plus secrets », que la sensualité peut triompher de la honte. Mais l'amour, c'est d'abord la femme qui l'enseigne : l'éternelle vérité de Sacher-Masoch ne réside pas tant dans l'idée que la cruauté serait femelle, mais bien l'*autorité*. Il est normal que celle qui donne la vie initie aussi à ses mystères.

L'amour veut du relief et de l'ombre : la lumière crue et la plaine l'excluent. Il est remarquable que ses jeux mêlent souvent de façon indistincte servilité et puissance : le baiser et la succion sont des morsures stylisées. La fellatrice (ou le fellateur) se dévoue et domine en même temps. Belle de Jour est « une perle », d'autant plus libre et puissante qu'elle est apparemment soumise aux manies de ses clients – et il n'est pas jusqu'à la violence et aux insultes qu'elle subit dans ses rêves, qui ne l'émancipent d'une bien encombrante liberté. Buñuel était homme, certes, et Kessel également. Mais Pauline Réage ? O renonce comme Séverine, bien plus qu'elle en fait, à sa liberté. À vrai dire, elle n'est plus rien qu'une chair possédable : Séverine est en fait encore maîtresse d'elle-même. Le sexe est toujours pouvoir, il l'est par nature, et c'est pour cette raison qu'il ne peut être appréhendé dans les termes de l'analyse politique du pouvoir.

« Défendre l'amour a toujours été une activité antisociale et dangereuse*. » Le sombre chromatisme, l'éreintant déhanché, la toute-puissante gitanerie de la Habanera de *Carmen* l'ont dit pour toutes les générations : aujourd'hui comme hier, plus même qu'hier, la décence veut enfermer l'enfant de Bohême. Or, même quand on aime à la façon de Pénélope, c'est encore être seul que d'aimer – seul à seul et seul contre tous.

Il convient d'élever autour de l'amour, de la passion sexuelle, des digues qui en contiennent le flot : la république sadienne n'est vivable pour personne. L'amour sans lois, l'amour gnostique est cruauté ou suicide. On a comparé le pédophile à l'ogre ou au Roi des Aulnes, au vampire qui corrompt le sang de sa victime. Faute de le violer, il peut d'ailleurs se contenter de faire mourir l'enfant qu'il convoite : aux yeux d'Aschenbach, il n'est rien de plus beau qu'un Tadzio mort. Les voluptés de Pan – le berger brigand, le bouc fauve – sont cruelles et son mépris des lois redoutable : c'est notre éducation qui nous prémunit du viol, non nos gènes de primates, et le « construit » est précisément ce qui sauve femmes

* Octavio Paz, *Le Labyrinthe de la solitude.*

et enfants, le non-construit n'étant que l'abîme qui les avale. Cependant, l'on avait, jusqu'à récemment, imaginé de lui attribuer certains lieux de licence – comme les arts – tout en le tenant loin de ceux où la loi s'applique. L'absorption de ces lieux dans l'espace de la loi ne peut à terme que faire exploser et ceux-ci et ceux-là.

De même, il reste que l'amour, s'il n'est pas d'abord aveugle, n'est pas l'amour mais l'apathie du laboratoire. *Amor supra intellectum est*, l'amour est supérieur à l'intellect : sa cécité figure, plutôt qu'un manque, ce qui, dans la capacité d'aimer – charnellement et spirituellement –, élève au-dessus de la froide raison. L'amour peut être monstrueux, à l'image du dieu arcadien, mais même lorsqu'il ne l'est pas, même et surtout quand il est civilisé, tempéré par l'instinct d'empathie ou par les lois de la courtoisie, il doit garder sa part sauvage – et qu'il soit égoïste ou bien d'un dévouement fanatique, il est forcément réfractaire aux lois et à leur esprit. De là le sombre constat de Houellebecq dans *Plateforme* : « Nous sommes devenus froids, rationnels, extrêmement conscients de notre existence individuelle et de nos droits ; nous souhaitons avant tout éviter l'aliénation et la dépendance ; en outre nous sommes obsédés par la santé et l'hygiène : ce ne sont pas vraiment des conditions idéales pour faire l'amour. »

⋆

Les écrivains ont senti l'émergence de ce nouveau puritanisme, peut-être à mesure que le cinéma, lui, s'y enfonçait. Les mots se sont faits chair, quand les images *annulaient* la chair. Cela, certes, n'est pas venu d'un coup mais l'année du déclenchement de *MeToo*, exception faite de *Call Me By Your Name* et de *Phantom Thread*, voire de *Game of Thrones* ou du sitcom de Larry David, *Curb Your Enthusiasm*– plus tard, du *Joker* –, cet art a docilement accompagné le mouvement né de ses turpitudes. Il se communiqua, de là, à tous les arts et à tous les pays. Et du sacre de l'inepte *Forme de l'eau* jusqu'à l'excommunication de Woody Allen, c'est bien de censure et c'est bien de pruderie qu'il s'agit. Ça n'est pas la première fois, notons-le, que les turpitudes d'Hollywood ont de telles conséquences, et sur le cinéma lui-même pour commencer : en 1930, le Code Hays avait semblablement été la réponse des bonnes âmes au viol et au meurtre d'une actrice, Virginia Rappe, par la star du muet Roscoe Arbuckle. Il en résulta un retour généralisé à l'ordre moral que la crise et la guerre ne sauraient seules expliquer. La ressemblance de ce moment à celui que nous vivons nous empêche d'être les dupes de l'hypocrisie égalitaire. Ils diffèrent cependant d'une façon majeure : les cinéastes s'efforçaient alors de contourner les règles imposées par la censure, de les subvertir ou de les inverser, jouant de la force symbolique des images ou de la tension que le silence érotique instillait. Il n'en va pas ainsi en 2022.

Aux mots, donc, au *souffle* de sauver la chair. Quelques années avant *MeToo*, Alessandro Piperno racontait, dans *Persécution*, l'histoire d'un médecin romain, Leo Pontecorvo, faussement accusé du viol d'une adolescente. L'indifférence des siens, la calomnie des autres, la joie méchante de la société le changent lentement en un véritable cancrelat, qui se laisse mourir dans la cave où il s'est réfugié. Juif, Pontecorvo croyait en son impeccable réussite : il échoue presque comiquement, renvoyé au ghetto pour un crime qu'il n'a pas commis mais *doit* avoir commis. C'était déjà la prophétie de *La Tache*. Là, Philip Roth montrait en miroir les effets du moralisme de droite et ceux du moralisme « libéral » et féministe, de gauche : le dionysiaque Coleman Silk se voit poussé à la démission pour des propos jugés racistes, en même temps que court la rumeur de sa relation avec une femme de ménage analphabète, Faunia, qu'il « exploiterait sexuellement ». Faunia, la femme-faune, la ménade, que la très guindée Delphine Roux, une collègue de Coleman nourrie de jargon et de théorie, a le toupet de vouloir défendre alors qu'incapable de se comprendre elle-même, elle ne peut qu'échouer à entendre la passion des deux réprouvés... Coleman, le Noir, aura ainsi échoué à devenir, à *rester* surtout le Blanc qu'il rêvait être. L'insidieux esprit bourgeois, blanc et chrétien, aura triomphé par surprise. La passion de l'égalité, passion blanche au fond, a raison de cette *tache* qu'il porte, de cette marque ineffaçable que l'Amérique déteste. Tel Œdipe, il doit en subir la malédiction jusqu'au bout. Noir, il était coupable : il l'est désormais parce qu'il est blanc ou qu'on le croit tel. Il l'est de par son sexe et sa passion mâle, comme Faunia l'est, toujours, parce que femme : on brûla ses ancêtres pour leur bien, on la prive, elle, de son amour.

S'il est peu d'auteurs, aujourd'hui, pour saisir ce qui se joue, nous sommes au moins prévenus par les analyses faites il y a une trentaine d'années, lorsqu'on croyait encore que le féminisme « pro-sexe » l'emporterait sur son jumeau maléfique. C'était l'époque où Camille Paglia évoquait dans *Playboy* l'esprit « totalitaire » de ce « féminisme d'infirmerie », de celles qui, tels des commissaires soviétiques, « lobotomiseraient un village entier sous prétexte de le sauver ». Elle comparait à Carry Nation, cette légendaire apôtre de la « tempérance » (et ennemie du corset, tout aussi odieux à Jésus-Christ que le scotch et le bon vin), la « prose impersonnelle, sèche, anémiée, lyophilisée » des juristes MacKinnon et Dworkin, alors en guerre contre la pornographie. D'autres, comme Daphne Patai ou Katie Roiphe – dont les recherches lient le puritanisme sanitaire des années 80 et la psychose sexuelle qui s'ensuivit – ont très tôt exprimé leur inquiétude. Dans *Une Amérique qui fait peur*, le journaliste Edward Behr relevait, trois ans avant le déclenchement de l'affaire Lewinsky, la persistance de schèmes et de rituels qui n'eussent déparé ni dans *La Lettre écarlate*, ni dans les procès de Salem – notamment ces séances de confession collective déjà organisées sur certains campus idéologiquement très « avancés » : qu'aurait-il dit devant le déferlement de *MeToo* et face au désolant spectacle de ces garçons se battant la coulpe sur Facebook ou Twitter pour avoir un jour été un peu trop insistants auprès de leur copine ? Que lui eût inspiré la ritualisation du repentir blanc après le meurtre de George Floyd ? « La délation, écrivait-il par ailleurs, est non seulement encouragée, mais de rigueur. » Le professeur trop séduisant était immédiatement vu, notait Behr, comme

« libidineux », et d'ailleurs c'étaient les rectorats eux-mêmes qui donnaient leur blanc-seing à des publications telles que *The Lecherous Professor*, « livre de chevet de bon nombre d'enseignants, conscients de ce qu'ils risquent s'ils passent outre aux règles proposées ». Et qu'assez souvent ce soient eux, pourtant, qui subissent les avances de leurs élèves est tu, caché ou nié : j'en ai dit un mot dans un précédent chapitre. À ce propos, Daphne Patai elle-même rapporte à titre d'illustration que lorsqu'elle était étudiante, elle écrivait sans arrêt aux professeurs qui lui plaisaient, leur faisait des avances explicites et directes, en suivit un jour un jusque chez lui après avoir reconnu en pleine rue le parfum de son *after-shave*. Et si cela n'avait alors rien d'exceptionnel, il arrivait encore il y a quelques années, comme je l'ai dit, que le « harcèlement » se fasse dans ce sens-là.

La pression féministe décrite par Behr, Patai et Paglia a ainsi engendré la politique sexuelle intrusive et infantilisante évoquée plus haut. Cela passe par d'incessantes et obligatoires « formations », c'est la porte du bureau béante, c'est la peur de regarder un élève dans les yeux ou de lui sourire, c'est le Powerpoint « anti-harcèlement » par lequel il est solennellement expliqué qu'un rapport sexuel ne peut survenir qu'après en avoir formellement exprimé l'envie et reçu le consentement « d'un oui explicite et enthousiaste », *an explicit and enthusiastic yes* : un peu à la manière de la théologie coranique, qui déclare « qu'il n'y a pas d'autre Dieu que Dieu », le sexe universitaire doit être tautologique… Quant aux appels à la délation, ils n'ont rien de caduc : si, d'aventure, j'avais été au courant d'une amourette liant tel professeur à l'un ou l'une de ses élèves, j'aurais dû, selon les termes de mon contrat, dénoncer le premier aux instances en charge de ce genre d'affaires. Il apparaît dans ce contexte que la sempiternelle évocation de l'identité sexuelle dans les syllabus sert en fait elle-même un but de contrôle – un bio-pouvoir : comme on ne veut ni de l'Académie de Platon, ni de Stonewall, comme rien n'effraie plus les clercs que la passion d'Abélard et Héloïse, alors on donne aux chairs, tenues en laisse, ce petit os à ronger.

*

No means no : j'ai parlé de tautologie coranique, mais n'est-ce pas, à la lettre, d'un fondamentalisme qu'il s'agit ? Cette doctrine, née sur le sol américain, proclame que chaque mot des Écritures doit être compris littéralement. Il ne faut pas que tremble le sens. On pourrait aussi appeler cela l'idéologie du smiley : tout doit être parfaitement *communicable* et, les mots n'y suffisant pas, on les complète d'images simples et dépourvues d'ambiguïté, on ponctue d'un sourire pour ne pas avoir l'air méchant, pour souligner la blague – qui, du coup, n'en est plus une : l'ironie est balayée, l'équivoque n'a plus droit de cité.

Et pourtant, le *non* fait aussi partie du rituel amoureux : chez les bêtes elles-mêmes, il est permis de l'observer. D'ailleurs, vous n'êtes pas cohérents ! Il ne faut pas, dites-vous, que non puisse signifier autre chose que non. Oui, en revanche, si l'on est présumé « subalterne » et donc dans l'incapacité de consentir, veut souvent dire autre chose que oui. Ce fondamentalisme, en fin de compte, n'est pas bien sûr de lui.

Lorsque les étudiants d'Antioch College s'imposaient leur absurde procédure de consentement en 1990, l'Amérique éclata d'un rire incrédule : aujourd'hui, nombre de *Millennials* jugeraient convenable que l'on demande la permission avant de faire un *hug*, de serrer la main ou de baiser une joue. Ainsi lisait-on il y a quelques mois, dans les colonnes du *New York Times*, qu'un homme qui s'était plaint d'une amicale tape dans le dos n'avait fait que défendre ce faisant son droit inaliénable à ne pas être touché (« *not to be touched* ») ! Victoire des chicaneurs et des culs serrés – mais qu'il nous appartient encore de renverser.

Certaines applications permettent de consentir électroniquement à un rapport sexuel, voire, en accord avec les principes d'Antioch College, de reformuler ce consentement à chaque changement de position, pour chaque geste, chaque étape du jeu (je n'ose pas dire érotique) copulatoire. We-Consent, Sa-Sie et LegalFling nous construisent ainsi un monde dont Huxley et Orwell eussent à peine oser faire le cauchemar. Dans un registre un peu différent, l'application Once permet de noter ses partenaires : c'est d'ailleurs ainsi que l'on procède déjà avec les chauffeurs d'Uber, sans que nul n'y trouve à redire.

Pour comprendre comment le regard ou le compliment intempestif, en même temps que le rut silencieux – se jeter l'un sur l'autre et ne rien se demander –, ont pu en arriver à être ainsi criminalisés, il faut rappeler un trait de la société américaine assez curieux mais qu'à moins d'y avoir vécu, peu d'Européens peuvent se figurer : si en cette matière elle a banni le silence aussi bien que l'apostrophe « non préparée » – éventuellement muette dans le cas du coup d'œil concupiscent –, c'est qu'il n'existe pas, en général et quel que soit le sujet, de nation plus *bavarde*. J'ai pu noter par exemple, et j'en ai parlé plus haut, que les mères y harcèlent leur progéniture de phrases toutes plus insignifiantes les unes que les autres, la dressant dès le berceau à se défier de tout ce qui pourrait échapper aux mots : pour ces êtres bruyants et anxieux, le silence est plus effrayant que n'importe quel cri de guerre. Il est à craindre que cette détestable idiosyncrasie ne devienne bientôt nôtre.

Le souvenir d'une discussion me revient. Il y a quelques mois, une Américaine assurait lors d'un dîner, devant quelques amis et à moi-même, qu'à chaque fois qu'il lui était arrivé, au cours d'une étreinte, de toucher l'anus d'un « partenaire » masculin sans lui en avoir préalablement « demandé la permission », celui-ci s'en était systématiquement formalisé – qu'en somme, les hommes comprenaient très bien le principe du « oui explicite et enthousiaste » quand ça les arrangeait. J'eus le fou rire. Que l'on me comprenne : promenez-vous à New York et vous verrez que les jeunes mâles, jusqu'à la quarantaine comprise, se partagent entre obèses, gringalets émasculés, et monstres bodybuildés, surprotéinés. Or aux paroles de cette femme, c'est bien sûr l'un de ces Popeye juvéniles que je m'imaginai prendre offense, se croyant peut-être lésé dans sa virilité, d'un doigt dans le cul. En est-on vraiment arrivé là ? À ce que les gestes de la passion nous soient comptés comme à l'usine ?

La réalité de ce pays, et peut-être de notre époque, m'apparut alors, accablante et ridicule. Premièrement, les États-Unis pâtissent de ce que leurs hommes ne sont plus virils mais, quand ils n'ont pas renoncé à toute prétention dans ce domaine, *surjouent* une masculinité de brutes ; j'ai déjà suggéré que la virilité pleinement vécue n'exclut aucunement la présence chez l'homme de caractéristiques que le vulgaire pourrait juger féminines : les hommes américains ne se parfument pas, non parce qu'ils seraient, eux, « de vrais hommes », mais pour la raison précisément inverse. L'homme véritable, qu'il soit *gay* ou *straight*, ne saurait craindre de paraître trop sensuel. Deuxièmement, il est à croire, si du moins l'expérience de cette personne est représentative (je pense qu'elle l'est), que même ces hommes, soit reste de barbare orgueil, soit mièvrerie, soit plus probablement combinaison des deux, se sont approprié les manies contractuelles de leur génération. Troisièmement, mon interlocutrice avait elle-même fait l'expérience de pratiques sexuelles sans consentement explicite préalable : elle n'avait pourtant pas songé à se livrer à la police, preuve que personne, au fond, n'admet vraiment cette logique aberrante. On peut encore, quoiqu'on en ait honte, consentir par don et par abandon.

Sorcières et déesses

« Cet automne, où l'angoisse, où la langueur m'étreint,
Un secret désespoir à tant d'ardeur me lie ;
Déesse sans repos, sans limites, sans frein,
Je vous vénère, active et divine Folie ! »

Anna DE NOAILLES,
Les Vivants et les Morts

C'était une chaude journée d'été, que j'avais consacrée à l'écriture de ma thèse sur la rédemption par le péché dans *La Sorcière* de Michelet. De mon siège, à la bibliothèque Mazarine, j'apercevais quelques amoureux sur le pont des Arts. Une pile de vieux volumes se dressait devant moi. Il m'en manquait un, que je demandai à consulter : *Le Tableau de l'inconstance des mauvais anges et démons*, cet ouvrage que le juge bordelais Pierre de Lancre consacra aux sorcières basques en 1612. Deux ans plus tôt, il en avait fait brûler quatre-vingts. L'édition que je voulais contient une gravure représentant la messe noire, avec la Reine du Sabbat couronnée et assise à la droite du Diable. Michelet se réfère sans cesse à ce livre, dans lequel il puisa à peu près tout ce que l'on pouvait savoir du sabbat : en le lisant à rebours, il en retourna contre son auteur chacune des idées. Pour Lancre, la sorcellerie est l'Anti-Nature : pour Michelet, c'est l'Église, et chaque pratique de sorcellerie n'est qu'un retour, par l'inversion, aux sources vives de l'humanité. Lorsque me fut apporté le lourd in-quarto de vélin, un orage éclata, un gigantesque coup de vent ouvrit la fenêtre et une étagère s'effondra avec tous les livres qu'elle supportait. Quoique tout cela s'expliquât fort bien (les orages ne sont pas rares l'été à Paris), je ne pus m'empêcher d'y voir un clin d'œil qui m'était lancé, par-delà les siècles et l'espace. Les sorcières du Labourd refusaient de se taire.

Je crois au pouvoir de ces femmes, comme je crois en la déesse, et c'est aussi parce qu'il me semble le voir galvaudé par la moraline féministe, que j'ai voulu écrire ces pages. La figure de la sorcière est en effet politiquement revendiquée depuis une cinquantaine d'années au moins. En elle s'allient tous les excès, *l'élan chthonien*, dont on a fait reproche aux femmes. Choisir la sorcière, c'est réclamer une pensée hétérogène à la froide rationalité mâle, une pensée qui ne trahirait pas la nature dans laquelle la *sur*nature – les charmes, philtres et incantations – s'enracine ; qui ne chercherait pas à réduire le monde, comme le font le sujet chrétien et le sujet cartésien, au rang de colonie ou de province.

Cette revendication, lorsqu'elle est faite par les militantes du consentement notarial et de la *safety*, relève de la captation d'héritage – et d'abord de l'ignorance.

Le récent livre de Mona Chollet, *Sorcières*, en est un exemple frappant : par son incapacité à penser la réalité des pratiques chamaniques et folkloriques diffamées sous le nom de sorcellerie et mises au jour, à notre époque, par un Carlo Ginzburg, une Emma Wilby (qu'elle ne cite jamais) ; par l'irrésolution qu'elle manifeste entre reconnaissance de la magie et déconstruction des stéréotypes ; par la confusion qu'elle entretient délibérément entre les bûchers de la Renaissance et la laïcité, Chollet a trahi ces dizaines de milliers de martyres auxquelles elle prétend rendre hommage. Qu'elle n'ait pas de mots assez durs envers les « mâles blancs » d'aujourd'hui – dont elle fait de nouveaux inquisiteurs – mais rien à dire des sorcières exécutées à Raqqa, il y a quelques années à peine et presque sous nos yeux ; que la musulmane que l'on « force » à se dévoiler lui semble une Isobel Gowdie du XXIe siècle, mais pas l'Iranienne qui, au péril de ses jours, ôte son foulard – tout cela permet de dire ce que vaut ce petit livre, et quelle place il mérite[20]. Le féminisme dont il trafique n'est qu'anorexie – haine de la chair et de la pensée.

Chollet s'appuie sur une littérature académique largement discréditée (Federici, Merchant), et, plus souvent, sous-académique. Il faut lire les inquisiteurs, il faut lire les chasseurs de sorcières eux-mêmes, Lancre par exemple, qu'elle range implicitement parmi les pères de la laïcité parce qu'il était en effet un « juge laïque » – ce qui signifie seulement qu'il n'appartenait pas à l'institution ecclésiastique. En vérité, c'était un catholique des plus dévots, vouant à la Vierge un culte assidu, maniaque, mais persuadé (et c'est là une vieille marotte catholique, notamment en France, où le courant intégriste l'a réactivée ces dernières années par haine du pape actuel) que l'Église était corrompue, qu'elle n'était plus assez chrétienne, qu'il revenait au roi et à ses représentants de défendre la vraie foi contre des prêtres dégénérés, gagnés à Satan : Lancre n'est ni un laïc ni un moderne, il ne fait qu'appliquer le programme de fanatisme messianique de Philippe le Bel, qui avait fait brûler les Templiers pour luciférisme et sodomie.

Arrivé au Pays Basque en 1609, il s'étonna d'y voir certaines femmes mises presque sur un pied d'égalité avec leurs curés – et il se révolta surtout devant le spectacle des filles allant tête nue, *non voilées* ! Ému dans sa lasciveté, il notait qu'elles étaient « dans cette belle chevelure, tellement à leur avantage, et si fortement armées, que le soleil jetant ses rayons sur cette touffe de cheveux comme dans une nuée, l'éclat en est aussi violent et forme d'aussi brillants éclairs qu'il fait dans le ciel, lorsqu'on voit naître Iris, d'où vient leur fascination des yeux, aussi dangereuse en amour qu'en sortilège ». La sorcière ne se voile pas, suggère ce brûleur de femmes, et c'est même à cela qu'on pourrait la reconnaître.

Si la gauche « intersectionnelle » lisait, dans le texte, ce que l'on écrivait alors, peut-être ne s'empresserait-elle pas de célébrer le dogme religieux et la liberté de se voiler contre le *male gaze* – lequel ne fait jamais partie, après tout, que d'un sain échange pulsionnel. Mais il n'est, de toutes les manières, rien de plus opposé aux enchantements des sorcières, que le féminisme contemporain. Procès de la chair, *MeToo* suppose qu'on peut menotter celle-ci parce qu'elle n'est rien, à ses yeux, que la construction qu'on en a faite. *MeToo*, produit du constructionnisme social – forme abâtardie de cartésianisme –, est ainsi le contraire de la magie. Chollet prétend que cette dernière consisterait à « aller débusquer, dans les strates d'images et de discours accumulés, ce que nous prenons pour des vérités immuables, mettre en évidence le caractère arbitraire et contingent des représentations qui nous emprisonnent à notre insu et leur en substituer d'autres ». Pour moi, c'est tout l'inverse : *le pouvoir d'exhumer l'archétype, derrière, ou dans la cendre même du stéréotype*. Plutôt que le soupçon envers la vie, ce que Kafka, dans son journal, nomme « la splendeur de la vie », qu'il conçoit « à côté de chaque être et toujours dans sa plénitude », mais « voilée, enfouie dans les profondeurs, invisible, lointaine. Elle est pourtant là, ni hostile, ni malveillante, ni sourde, qu'on l'invoque par le mot juste, par son nom juste, et elle vient. C'est là l'essence de la magie, qui ne crée pas, mais invoque ».

L'archétype, défini par Jung comme un contenu de l'inconscient collectif, est une structure innée. Il est en partie la trace d'une expérience transmise, en partie la condition de toute expérience. Il est un vestige de l'existence ancestrale, et même de l'existence animale dans laquelle nous nous enracinons : la naissance et la mort, la souffrance et la faim ne sont pas des constructions sociales. L'archétype est charnel et, à ce titre, il est aussi dangereux que nécessaire : le monde des archétypes – l'inconscient – demande en somme qu'on le regarde dans les yeux. La doxa contemporaine ne sait que s'en prendre aux simulacres : elle renonce, avant même d'avoir combattu, à envisager les archétypes dont ils émanent et qu'ils tentent de désigner.

Carlo Ginzburg a exhumé les sources folkloriques, chamaniques, du sabbat, faisant habilement la part, dans les récits des démonologues et ceux arrachés, par la torture, aux sorciers eux-mêmes, du cliché et de la vérité. La misogynie seule n'explique pas ces supplices et ces massacres – de même, peut-être, que la haine seule n'expliquerait pas l'antisémitisme[21]. Ou plutôt si, la misogynie peut l'expliquer, mais il faut comprendre alors ce qu'il en est : c'est l'homme que tourmente d'abord la puissance féminine, son *anima*, et qui ressent au plus profond de son cœur le lien, véritablement magique, de celles qui donnent la vie avec le monde, informe et terrifiant, qui nous précède et nous entoure, avec le monde des morts et de ceux qui ne sont pas encore nés. La sorcière, la fée, la stryge : c'est le même pouvoir, cosmique, d'enfanter ou de retenir l'enfantement, et ce pouvoir mérite bien, pour le coup, qu'on l'appelle « puissance invaincue des femmes », qu'on l'admire et qu'on le craigne. À condition de voir ce qu'il y a de contradictoire à revendiquer une telle puissance – rétive par définition à toute rationalisation – et en même temps la discipline dont *MeToo* est le nom.

Pour reprendre un argument avancé par Paglia dès les années 90, parce qu'il convoite une égale répartition du pouvoir social, le féminisme de la Deuxième et surtout de la Troisième Vague se montre aveugle au pouvoir cosmique de la femme – pouvoir non pas seulement de l'enfantement ou de son contraire comme je l'ai dit à l'instant, mais encore de la jouissance orgastique et de toute création, beauté, grâce et violence – des bacchanales de l'Antiquité jusqu'aux extases du sabbat – forces aussi étrangères à notre rigueur procédurière que la louve l'est au yorkshire.

En fin de compte, parce qu'il est cartésien, le féminisme contemporain est sourd – et quoiqu'il prétende le contraire – aux *cultures féminines*. Je songe par exemple à mon arrière-grand-mère, Esther, née à Tlemcen avant la Grande Guerre, et qui savait à peine écrire : c'est tout un monde de féminine puissance qu'elle incarnait, par son aplomb, sa beauté, le timbre de sa voix, par l'art avec lequel elle maniait les épices, par son mélange de dévotion et d'hérésie. Il y a dans *Riz amer*, le film de Giuseppe De Santis, de ces femmes fortes du siècle passé, des *mondine* en l'occurrence : elles semblent avoir travaillé côte à côte depuis la nuit des temps, et leur joute chantée et improvisée exprime à elle seule l'univers de jadis, un ordre païen où chaque sexe possède encore sa magie propre. Ces femmes, belles et misérables, sont des guerrières dont l'italien même ne sonne pas comme celui des contremaîtres. Leur vie est faite de labeur, mais aussi de sensualité et de magie.

Parce qu'il n'est pas délimité par des catégories politiques, cet ordre rassemble en son sein des figures présentées ailleurs comme incompatibles. Si les sorcières de Chollet sont fières de leurs cheveux blancs et réclament qu'on mette les « harceleurs » en prison, celles que Carlo Levi a, lui, *réellement* rencontrées en Lucanie tiennent le milieu entre guérisseuses et putains, elles sont les deux à la fois. Giulia, dans *Le Christ s'est arrêté à Eboli*, est « froide, impassible et animale », c'est une « servante fidèle », docile au désir de l'homme et peu bégueule en général : son propre désir est ordre. Sa relation avec le médecin juif sera faite d'intense force naturelle, de violence même, mais d'une violence, si l'on peut dire, respectueuse. Finalement, c'est Levi qui la prie, la « supplie » de lui transmettre ses secrets et ses incantations de mort. C'est une déesse, qui sait reconnaître le dieu dans l'homme qu'elle a en face d'elle. La sculptrice Louise Bourgeois fut une Giulia, elle dont la religion orgiaque semble tout droit venue de Pompéi, mais par la voie détournée du sabbat : dans *Fillette* par exemple, son phallus de latex et de plâtre, culminent deux vulnérabilités et deux forces, celles de la femelle et celles du mâle. Seule une femme vraiment sorcière a pu exprimer une telle carnalité.

Notre époque méconnaît les pouvoirs du féminin parce qu'elle ne les conçoit qu'en termes politiques. On n'envisage même plus la maternité comme pouvoir : comment le serait-elle dès lors qu'on s'interdit toute lecture archétypale des faits humains ? La beauté, parce qu'elle satisfait le désir de l'homme, ne l'est pas davantage. Gloria Steinem se vante de ne pas savoir faire à manger : Giulia, la sorcière de Gagliano, cuisinait, nous apprend Carlo Levi, avec les maigres ressources de sa contrée, de savoureux plats, cervelle aux herbes aromatiques, boyaux, foie rôti à la broche – tout « un régal barbare »… La belle lubricité des femmes de jadis, du XXe siècle encore, l'impérieux désir d'une Barbra Streisand (« Woman in Love ») ou l'âpre soumission de Patti Smith (« *Take me now, baby, here as I am…* ») échappe à la rhétorique du consentement.

Quant à la prostitution, qui n'est jamais décrite de nos jours que comme servitude, son lien ancien à la prêtrise et au sacré (qu'on décèle dans la figure de Danaé) comme l'autonomie qu'elle a pu donner à tant d'amazones du passé (Aspasie, reine de la démocratie athénienne, Ninon de Lenclos ou la Belle Otero) sont complètement ignorés. Il y a à cet égard une suprême incohérence de la part des féministes : dans son infertilité même, ne devrait-elle pas leur être chère ? « J'ai fait un pacte avec la prostitution, extravague Lautréamont, afin de semer le désordre dans les familles. » Il y a de la sorcière chez la femme artiste, mais de la courtisane aussi. Peut-être parce que – et les sorcières à moitié putains de Gagliano en font foi – sorcellerie et prostitution se ressemblent et se confondent. Je songe qu'avec son trop méconnu *Season of the Witch*, Romero a relu *Belle de jour* en en faisant une histoire, non plus de prostitution mais de sorcellerie, l'une et l'autre activités faisant pièce à l'enfer bourgeois… Historiquement, le théâtre, la danse, le chant furent longtemps indissociables du monde des bordels. Le premier tango fut dansé dans une maison close, et c'est entre les murs d'une autre de ces institutions que Jelly Roll Morton fit entendre ses *stomps* : le jazz n'eut pas d'autre patrie que Storyville. Barbara disait encore qu'elle avait pensé à devenir putain ou bien nonne, mais qu'elle avait choisi, devenant chanteuse, d'être les deux à la fois.

On tance la beauté : elle est pourtant sorcière. Trotula de Salerne, médecienne et sorcière, dut livrer son savoir à des Diafoirus ingrats, sales et ignares. Or, cette gynécologue avant-gardiste fut aussi l'auteure du *De ornatu mulierum*, traité sur les soins cosmétiques et la beauté féminine : si Chollet mentionne ses conseils obstétriques, elle tait cette autre partie de son œuvre, comme si, pour être digne de son statut iconique, la *Mulier sapientissima* eût dû renoncer à plaire et à aimer. C'est pourtant à ce titre que les sorcières l'eussent réclamée – mais il est vrai que pour Chollet, la sorcière est laide, quand Michelet nous rappelle que « leurs cruels procès apprennent le contraire. Beaucoup périrent parce qu'elles étaient jeunes et belles ». C'est que le pouvoir de la femme, s'il peut certes s'incarner dans sa chasteté, son refus de l'homme, s'il demeure et s'exalte même lorsqu'elle a vieilli, n'en commence pas moins à s'épanouir par les grâces de son corps ou de sa voix, dans les effluves qu'elle exhale, qu'elle sécrète ou dont elle s'oint, dans la vigueur de ses mouvements. La reine Esther triomphe par son courage et sa sagesse – mais aussi, docte aux voluptés, par l'attrait de son corps et de son visage : la Bible est ici moins puritaine que le féminisme contemporain.

Il faut dire cependant que la sorcellerie ne s'éteint pas avec l'âge ; même, elle se renforce. Lors de ma première visite au Rijksmuseum, je me trouvai pétrifié devant la *Prophétesse Anne* de Rembrandt : toute la magie de la vieillesse est là, dans ces mains parcheminées, dans ce front ridé, ces yeux qui ne voient plus bien ; et toute la chaleur de la femme, dans ce fond brun, cette tunique de fourrure et de velours pourpre. Je n'ai pas souvent aimé avec autant de force un modèle jeune. On aime cette femme parce qu'on la craint, on l'aime parce qu'on sent qu'elle est l'un des visages occultes de la surnaturelle *Joconde*. Il ne faut pas nier pour autant la magie propre, la puissance de la jeunesse – de la femme jeune dont Mona Lisa est le plus célèbre avatar. Qu'on regarde un instant le portrait de Gloria Swanson par Edward Steichen : elle a vingt-cinq ans à peine, quoique sa voilette de dentelle noire lui donne l'air d'une veuve ou d'une courtisane expérimentée. La luxure que distille son regard est séraphique. Ce regard, cette fascination ne changeront pas sous la caméra de Wilder : dans *Sunset Boulevard*, Swanson est toujours magicienne, ou bien est-ce la même magie, le même démonisme, *déjà*, dans la photographie de Steichen. Aimer charnellement la femme, c'est voir l'unité de ces deux âges.

⋆

Philippe Muray tance, dans *Le* XIX*e siècle à travers les âges*, ce qu'il appelle *occultosocialisme*, soit l'alliance en une nouvelle « religion », contre le judéo-christianisme, du progressisme et des doctrines alternatives mises à la mode au XIXe siècle ou un peu avant : magnétisme, spiritisme, néopaganisme, réincarnation, etc. Parmi les dogmes de cette « religion », il en oppose maladroitement deux à la tradition hébraïque : la réincarnation, au centre, pourtant, de la Kabbale – comme de la doctrine platonicienne –, et la croyance en la Déesse.

Que je croie moi-même en la Déesse importe peut-être assez peu. Mais c'est par elle que le judaïsme fut sauvé, et Muray fait preuve, à cet égard, de la même ignorance que pour la réincarnation : selon la Kabbale, Dieu est mâle et femelle à la fois[22]. L'archétype de la Grande Mère survécut chez les Juifs en se métamorphosant après s'être incarné dans tout un ensemble de figures bibliques – Deborah par exemple, qui gouvernait Israël, menait ses armées au combat et l'enchantait de sa voix : « Je me suis levée, dit-elle, *mère* en Israël[23] ! »

L'Aschérah de l'âge du Fer, vénérée dans tout le Levant, devint la Matronit – « la Dame » – dont parle le Zohar. Moïse Cordovero, fondateur de l'école kabbalistique de Safed, identifia même explicitement la Schekhinah, « Présence divine », à la déesse cananéenne, des siècles avant que Raphael Patai n'osât, dans *Hebrew Goddess*, retracer les secrètes étapes de cette longue transformation[24]. Cet aspect féminin de la divinité a fait l'objet de myriades d'études, et quiconque a lu quelques lignes du Zohar, quiconque a lu Gershom Scholem ou Nelly Sachs, sait ce qu'il en est. Cette dernière, l'une des voix les plus intenses de la poésie juive et allemande, a consacré à la Schekhinah plusieurs poèmes. Dans l'un d'entre eux, elle la montre jouant « avec une aigue-marine », qui est « le serment de fidélité de sa nuit des temps ». Ailleurs, appelée de son nom, elle est « la Couronnée de Poussière, qui pleure pour Israël », mais aussi *die heilige Tierfrau*, la païenne déesse des animaux. Ailleurs encore, la poétesse lui identifie la momie gelée d'une princesse inca, « étreinte d'amour cosmique ». Plus récemment, le romancier israélien Yishaï Sarid l'a imaginée, belle et vénérable, s'ébattant avec son divin amant derrière le rideau du temple. Et en 2002 l'acteur Leonard Nimoy avait consacré à la Schekhinah un admirable livre de photographies en noir et blanc : de belles et mystérieuses Juives s'y dénudent tout en revêtant divers objets du culte – généralement associés au sexe mâle – *incarnant* ainsi la puissance de la déesse*.

On retrouve ailleurs, partout, l'archétype de la Grande Mère : elle est la chôra du *Timée*, elle est la *prima materia* de la doctrine alchimique – entité première, être sans commencement ni fin, dont les origines se perdent dans l'éternité. Paracelse l'appelle encore *dea mater*, « déesse mère ». C'est elle qui est la « mère pour tous les éléments et en eux, de même une grand-mère pour toutes les étoiles, pour tous les arbres et pour les créatures de la chair ». Et c'est à son sein que se nourrit le philosophe hermétique. On sait que le Faust de Goethe rend visite aux Mères afin de ramener Hélène de Sparte parmi les vivants : l'artiste, dont il est la figure, doit rentrer en son propre tréfonds, qui est féminin, pour créer – dans le tréfonds de l'être où vivent les anciennes déesses ; il doit, en un mot, *se faire femme*. D'ailleurs, la Grande Mère est en nous, hommes et femmes, et nous visite dans nos rêves, tour à tour protectrice et dévoratrice, ou les deux à la fois.

---

* *Shekhinah*, 2002, livre aujourd'hui presque introuvable.

Dans la culture artistique et littéraire, la Déesse est restée omniprésente. La Mona Lisa en est l'une des figures les plus emblématiques : celle que Walter Pater a comparée au vampire – parce qu'elle a vu tous les âges et s'en est nourrie, qu'elle semble avoir appris les secrets mêmes du tombeau –, la mère ultime, Léda et sainte Anne mêlées, nonne mystique et courtisane, règne en effet sur l'espace vague et mystérieux du monde chthonien. Plus près de nous, le monstre énigmatique de *La Toilette de la Mariée* de Max Ernst est sorti du même songe où apparut ce désert de la Joconde, et c'est à Léonard qu'Ernst emprunte l'espèce de concrétion minérale en laquelle sa mariée, doublement portraiturée, se change dans le fond du tableau. La Grande Mère est la « Dame des animaux » : elle donne vie et mort, ayant en son soin les secrets de l'Hadès comme ceux du plaisir et de la génération. La ville, c'est elle, qui renferme ses habitants comme autant d'enfants, et Venise, où ce tableau s'admire aujourd'hui, est bien la Déesse, la Mère faite ville : sa magie est dans le mystère sanglant, viscéral, de San Giorgio degli Schiavoni ou de sa Synagogue Levantine, dans la grâce corallienne de la Salute.

Chollet ne nous parle que des avorteuses et de la joie de l'infertilité. C'est la sorcière vue par les inquisiteurs, mais la sorcière, *c'est d'abord la mère*. Lorsque Nietzsche donnait la femme pour idéal et modèle au Surhomme, il mentionnait la force de la matrice, qui porte neuf mois l'enfant, « la prudence et la prévoyance de la future mère » auxquelles se compare l'amour du créateur :

sans vouloir « réduire » les femmes à cette activité, on peut en faire effectivement un exemple, paradigmatique, de la force extraordinaire du féminin. D'ailleurs, sur le chapitre des violences gynécologiques, je m'accorde avec tout un pan de la critique féministe : l'obstétrique moderne – à partir du XVIIe siècle – a dépossédé la femme de cette puissance-là, remplaçant l'ancienne sage-femme par le médecin, quoiqu'il en sût bien moins qu'elle.

Notons que l'allaitement prolonge de manière fortement « virile » la grâce de l'accouchement : le sein devient au cours de cette période un organe à la fois turgide et gorgé d'une humeur vitale, que la succion doit soulager. La femme qui donne la vie et l'entretient est donc *une chair totale*. J'ai parlé plus haut du talon aiguille : le comble de la féminité est toujours phallique.

La force de donner la vie est cependant d'autant plus grande qu'elle s'accompagne du danger d'en être privée : elle est à ce titre la force même, c'est l'animal en son essence tragique et sauvage, *la divinité comme passion et immortalité*. L'accouchement et l'allaitement sont tout à la fois nature et surnature, présence de Dieu – Dieu qui souffre et qui crée – parmi ses créatures. Que la femme choisisse ou non de donner la vie, cette *potentialité* qu'elle a et qui marque sa chair est le substrat de sa puissance et de toute créativité : dans la Kabbale, le Dieu masculin féconde, mais c'est le Dieu féminin qui forme l'univers. Or, il n'est point d'engendrement sans vulnérabilité : « Je vous aime et n'ai fait de mal à personne, et que m'a-t-on fait ? » semble demander, morte de ses couches, la princesse Bolkonsky de Tolstoï. *Que m'a-t-on fait ?* La plus grande puissance de la femme coïncide avec sa plus grande faiblesse. La divinité toute simple de la femme est aussi son martyre. Produire, c'est *pâtir*, c'est porter en soi les traces du monde, les combiner à sa propre énergie et en accoucher, plus belles, plus vivantes.

L'époque réprouve la différenciation sexuelle pour la même raison qu'elle rejette le pouvoir, le pouvoir naturel et divin, tout en pensant à peu près tout en termes de pouvoir (politique) et d'égalité. Il est à croire que ces gens n'ont jamais vu une femme accoucher ou allaiter. On ne nous parle des règles que comme outil politique, jamais comme réalité vécue et comme force. Et comme on ne fait plus confiance aux mots – simulacres de simulacres – le *Mademoiselle* est refusé parce qu'inégalitaire, un peu comme la galanterie, sans que soit pris en considération tout ce que ce mot contient justement de magie : jeune et indépendante, la femme possède une puissance charnelle qui n'a pas son équivalent chez l'homme – et chez la femme plus âgée qui choisit de rester « libre », cette puissance ne ferait d'ailleurs que s'exalter. La virginité est un pouvoir : la Salomé de Wilde meurt vierge, dominant encore par là le Tétrarque assoiffé de sa chair. Et quand elle n'est plus un fait biologique, que seul le titre la rappelle, presque ironiquement, la virginité n'en est peut-être que plus puissante encore, cette fois comme symbole – mais les postmodernes confondent et rejettent ensemble ordres symbolique et naturel : les actrices se faisaient appeler *Mademoiselle*, quoiqu'elles fussent notoirement de mœurs libres ; il est à croire que l'alchimie de ce corps tour à tour prodigué et retiré, de cette voix et de ce titre fondait une autorité à la fois mystérieuse et sacrée, ne devant rien au Code civil.

Qui comprend, du reste, qu'on ne donne pas le nom du père à sa progéniture pour effacer la mère mais pour limiter l'extension, considérable, de son pouvoir, tout en confirmant une paternité forcément moins palpable ? La femme met l'enfant au monde : le premier pouvoir, qui n'a rien d'une construction sociale, est celui de ses propres organes et de sa propre force créatrice. De plus, on oublie toujours que le « nom de la mère » est en fait généralement celui du père de cette dernière ou, à la rigueur du père de sa mère. Donner à un enfant ce nom-là, n'est-ce pas ou dénier au principe mâle la place symbolique qu'il réclame et que rend nécessaire son effacement naturel, ou remplacer le père par le grand-père ? Alors on pourrait contourner cette difficulté en s'inventant, si l'on est femme, son propre nom, mais peut-on s'engendrer soi-même ? La neutralité triompherait pour de bon de la carnalité.

*

Il ne faudrait pas oublier la jumelle démoniaque de la Grande Mère : Lilith, Sekhmet, la Diane obscure et sauvage. Parfois chez les chrétiens – s'ils sont encore assez païens pour cela – c'est l'autre face de la Reine du Ciel. « Cette Vierge noire est comme la terre, écrit Carlo Levi dans *Le Christ s'est arrêté à Eboli* : elle peut tout faire, détruire comme faire fleurir ; mais elle ne connaît personne et déroule les saisons selon sa volonté impénétrable. La Vierge noire n'est ni bonne ni méchante pour les paysans, elle est bien plus que cela. Elle dessèche les récoltes et laisse mourir les êtres, mais elle les nourrit aussi et les protège et il faut l'adorer. » Car Lilith détruit, comme la Schekhinah crée, ou bien c'est l'inverse : la beauté et l'horreur se ressemblent, la nature n'enfante, on le sait, qu'en supprimant, l'abîme et le ciel sont voisins. « Descends ! J'aurais aussi pu dire : monte ! » exhorte Méphistophélès. La *descente* vers les Mères est une *ascension*.

La puissance invaincue de la femme, celle que toutes les mythologies se sont fait fort de reconnaître, c'est aussi bien la stérilité que la maternité : sur ce point, s'il n'était pas, chez elle, presque exclusif de l'autre, je rejoins Chollet. Il me faut seulement que les deux se tiennent et se répondent, ce qu'elle ne parvient pas à penser. L'infertilité est aussi sacrée que l'enfantement, car elle est aussi violente. La nature ne veut pas moins la stérilité que la fécondité, la destruction que la procréation. Le sperme est « gâché » parce que la nature le veut. Il est offert comme un sacrifice, immolé à ses puissances. La mère a pouvoir de manger ses enfants, de baisers ou plus littéralement ; de les faire naître ou bien de les supprimer dès la matrice : le vampirisme femelle n'est rien d'autre, je le crois, que la puissance d'enfanter, mais retournée contre elle-même. Athalie, par exemple, est celle qui refuse la maternité au point d'anéantir sa propre famille. Et Médée est bien mère, jusqu'au bout : son crime est le sacrifice, mais le comble aussi, de sa maternité. Ces mères « dénaturées » sont la face noire de la Déesse. La maternité renferme en son sein un univers d'amour, mais aussi de haine. Prenez l'excision, dont Chollet ne parle pas, peut-être parce qu'elle y voit une pratique « indigène » qu'il ne lui convient pas de critiquer : il reste qu'on aurait tort d'en faire exclusivement une violence patriarcale – que l'homme du ressentiment voudrait voir infliger aux fillettes par égoïsme et par crainte de l'orgasme féminin. C'est cela, bien sûr, mais au Kenya ou chez les Dogons, ce sont des femmes qui mutilent, et de leur plein gré, qui mutilent d'autres femmes ; les rebelles du mouvement Mau-Mau ne réclamaient-elles pas le droit de pratiquer l'ablation du clitoris sur elles-mêmes et sur leurs filles ? Les sévices corporels ne sont pas moins le fait de mères que de pères, et l'on sait qu'il y a plus de femmes que d'hommes infanticides* – chose que Chollet et d'autres ont tort d'attribuer au statut social inférieur des femmes : là encore, c'est plutôt du pouvoir naturel et cosmique de la mère qu'il s'agit.

La maternité ne s'épuise pas dans la douceur ou la tendresse que l'on voudrait seulement y voir. Inceste, infanticide, engloutissement, c'est aussi l'irruption de l'inconscient venant submerger le conscient. Norman Bates, dans *Psychose*, est un fils dégénéré mais « primordial » : on ne sort du ventre de sa mère que pour la porter à son tour, parfois douloureusement, dans son âme et dans sa chair.

Les sorcières bénissaient les unions ou faisaient avorter, aidaient les récoltes à croître ou les détruisaient par

---

* Je parle du meurtre d'enfants en bas âge.

la tempête et la grêle : cette violence est vie et elle est belle. Il est à ce titre symptomatique que l'époque se partage entre celles qui n'invoquent leur antique pouvoir que pour justifier un éthos technique et disciplinaire, et les réactionnaires ne voyant dans leur récente réhabilitation que « le dernier délire féministe ». Contre les uns et les autres, Updike nous montrait déjà la voie avec ses *Sorcières d'Eastwick*, il y a plus de trente ans. Trois femmes défient les convenances d'une bourgade de Nouvelle-Angleterre par leurs orgies sexuelles, les sorts qu'elles jettent ou les tempêtes qu'elles déclenchent – et les médisances que leur vigueur s'attire ne leur viennent pas moins de la gauche éclairée – religieuse comme l'est la gauche américaine, comme l'est encore la gauche metooïste – que des conservateurs à l'ancienne.

C'est que d'un côté comme de l'autre, on n'aime (ou ne déteste) en la femme que sa faiblesse. Pour moi, des sorcières brûlées vives à la Renaissance, des Yézidies, des Kurdes asservies, massacrées par Daech et Assad, de mes ancêtres martyrisées, c'est au contraire le pouvoir que je veux qu'on me chante, c'est « le grand serment dont on meurt* ».

Qu'on règle son compte au violeur : il a porté la main au trône de la Déesse. Qu'on fasse ramper le mufle jusqu'à l'étable d'où il osa s'échapper – mais qu'on lui garde assez d'amour pour voir jusque dans la vengeance de la femme violée la marque de sa puissance : la femme *vraiment femme*, guerrière ou sorcière, saura elle-même

* Michelet, *La Sorcière*.

faire mordre la poussière à la brute qui l'a offensée. Dans *A Girl Walks Home Alone at Night*, l'Iranienne Ana Lily Amirpour a imaginé l'auguste pouvoir de la stryge, du vampire femelle mis au service de la vengeance des femmes. Je refuse de noyer l'archétype dans la politique, je veux plutôt le voir ainsi triompher et la pénétrer.

La chair, la mort, le diable

« C'est un poète véritable, donc du parti du Diable à son insu. »

William Blake,
Le Mariage du Ciel et de l'Enfer

L'art a souvent suivi la leçon des sorcières. C'est là qu'on trouve jusqu'à nos jours l'empreinte du chamanisme noir. Le mal, la mort, la chair et puissante et tragique l'habitent.

L'omniprésence contemporaine du contrôle pourrait laisser penser que nos chefs et notre police, contrairement à ce que j'ai dit plus haut de la modernité, ont une idée du mal plus développée que celle de l'ancienne police et des chefs de jadis. Il n'en est rien : pour être plus étendue, l'idée qu'ils s'en font n'en est à la vérité que plus superficielle. En d'autres termes, c'est parce que le *sérieux* du mal est évacué qu'on en est aujourd'hui là.

La pensée païenne – et j'y inclus celle des Hébreux – envisageait le mal et l'impureté comme une substance dont on ne se débarrasse pas, mais que l'on maîtrise, *similia similibus curantur*, en lui sacrifiant quelque chose. Au jour du Kippour, jour des Expiations, outre l'ordre convenu des holocaustes, on offrait un bouc « à Azazel », au mal : c'était ce fameux bouc émissaire qui allait mourir au désert (ou jeté du haut d'une falaise), chargé des péchés du peuple. Aujourd'hui, sans ignorer complètement l'existence du mal, nous pensons pouvoir faire *comme s*'il n'existait pas, *comme si* le mal pouvait se contrôler sans participer au moins un peu de lui, *comme si* un mur suffisait à nous protéger du désert. On est passé d'une pensée qui admet l'existence de l'impureté et la pourchasse lucidement au moyen de méthodes renvoyant ultimement à la confusion du pur et de l'impur, à une autre qui voudrait mettre l'impureté sous cloche : c'est le syndrome d'« Arkangel ». Le cinéma, la littérature, le théâtre conservent heureusement leur valeur cathartique, mais la modernité nous voile de plus en plus la substantialité du mal, compromettant par là même notre humanité. Or, si dans un premier temps cette *neutralisation* reste pacifique, on ne peut négliger la possibilité qu'un véritable totalitarisme, avec ce qu'il y faudrait de brutalité, n'en émane à terme, à la chinoise : ultraviolent à ses marges, un tel système pourrait demeurer, grâce à une surveillance perfectionnée, paisible en son centre. Et c'est le refus de regarder franchement la réalité du mal qui nous aurait menés à cette extrémité : jamais plus qu'aujourd'hui, peut-être, l'offrande à Azazel n'a été impérative. On ne l'a toutefois jamais moins su.

Pour la Genèse, le chaos est littéralement *constitutif* du monde : l'informe est la racine, la tripe du cosmos, l'existence créative est inséparable de l'expérience du gouffre. C'est de l'ombre qu'émane la lumière, nulle vie sans mort affleurant, pas de joie sans souffrance, d'ordre sans désordre matriciel. Mircea Eliade évoque de même ces récits folkloriques qui font du Diable le jumeau de Dieu. L'homme contemporain est décadent par refus de ce désordre originaire – par son mépris du Diable. Au contraire, l'art authentiquement vital, parce qu'il est démiurgique, est aussi nécessairement discours de mort que de vie, quête du chaos que d'harmonie. L'art naît du mal, de la substantialité du mal. De ce mal qui travaille le monde et le fait vivre.

La chair, la mort, le Diable : c'est le titre du livre qu'un professeur de lettres italien, Mario Praz, consacra il y a près d'un siècle au romantisme noir et à l'héritage de Sade. La chair, qui est la vie même, c'est aussi la mort : voilà qui a été ici dit et mainte fois répété. Comme l'écrit Thomas Mann dans *La Montagne magique*, « le corps, l'amour, la mort, ces trois ne font qu'un. Car le corps c'est la maladie et la volupté, et c'est lui qui fait la mort, oui, ils sont charnels tous deux, l'amour et la mort, et voilà leur terreur et leur grande magie ! » Dans la mystique juive, Dieu est l'origine même du mal, « l'Autre Côté » c'est toujours Dieu, Dieu qui punit, souffre et détruit : le mal procède chez lui d'un excès de sa propre force créatrice. Un peu comme un corps, qui sue, qui excrète et qui dort sans qu'il puisse en être autrement. L'amour de la vie, l'amour de l'être, doit en passer par cette lucidité-là.

Le nazisme pensait que tout était bon dans la nature, que l'impureté n'y existait pas en soi. Aussi, que l'on mette à part l'antisémitisme et la Catastrophe pour chercher ce qui sépare essentiellement l'esprit juif du nazisme, on verra que ça n'est ni le cartésianisme – qu'ils imputaient à tort à leurs victimes –, ni la démocratie, c'est ce rapport à la mort, *aux* morts, et à la chair. L'hébraïsme est du côté du sublime, et par là même du grotesque : le roi David dansant devant l'Arche d'Alliance avec les pouilleux de son peuple est à la fois l'un et l'autre. Le nazisme voulait le sublime, mais seul : il ne pouvait dès lors que s'abîmer dans cette absolue négation de la merde, comme dit Kundera, qu'est le kitsch. Les nazis n'ont donné la mort que pour, en dernier recours, s'en préserver, en préserver la race : leur amour de la vie était aussi kitsch que leur art.

Plus généralement, c'est tout le paganisme méditerranéen qui a pensé comme pensent encore aujourd'hui les Juifs – et cet Allemand récalcitrant de Nietzsche l'a mieux compris qu'aucun autre : « Il y a beaucoup de fange de par le monde – *stupéfiante vérité* ! s'écrie à un moment Zarathoustra. Mais le monde n'est pas pour autant un monde fangeux. Ô mes frères, c'est la sagesse même qu'il y ait tant de fange en ce monde ! » Une chose en effet est de nier cette fange, autre chose est de l'affirmer pour mieux s'élever au-dessus d'elle. Les nazis ont voulu un Nietzsche « dorien », gottfriedbennisé pour ainsi dire, un Nietzsche sans Dionysos.

Qu'est-ce que le mal, et où est-il ? « *Within the bowels of these elements* », dans les tripes des éléments, dit de l'Enfer le Méphistophélès de Christopher Marlowe. Goethe fera dire à son démon qu'il est partie prenante de la création. Je suis, dit-il, « une partie de cette force qui toujours veut le mal et toujours crée le bien », une partie de l'ombre primordiale, *Finsternis*, « qui jadis était le tout, une partie de l'ombre qui enfanta la lumière, l'orgueilleuse lumière, qui aujourd'hui dispute à la nuit, sa mère, son antique primauté et l'espace ». Péché originel, peut-être, mais point de paradis perdu : le mal est inhérent à l'être, s'enchevêtrant au sacré. Dieu *se purge* par la création, enseignent en effet certains kabbalistes radicaux, le mal ne résidant pas seulement dans le désert de son absence ou dans une décision tardive, un mouvement de son être – mais en Lui-même, de toute éternité[25].

Le but de l'homme sera d'aller chercher, sous les « écorces », les brandons divins. Point d'existence – peut-être même d'existence divine – sans mal, point de création ensuite, point d'action humaine digne de ce nom sans *rapport au mal*. Et non seulement le chaos demeure attaché au monde, mais Dieu même crée en détruisant : dans la Genèse, son attribut n'est-il pas un *arc*, outil de guerre et de mort, dont il fait, suite au Déluge, un symbole de vie ? La destruction s'inverse en création, le flux s'assagit, le phallus soumet sa propre force aux exigences de l'altérité. L'univers est panique – et nous savons combien ce mot recèle de beautés et de violences.

La création artistique *travaille* le vice et la violence, et en reste, par là même, indissociable. Lors d'un entretien pour la *Paris Review*, la journaliste Jean Stein fit remarquer à Faulkner qu'il était « obsédé par la violence ». Il lui répondit que cela revenait à dire d'un charpentier qu'il était obsédé par son marteau : nous aimerions que plus de charpentiers soient obsédés par leur marteau, et moins par ce qui se dit ou ne se dit pas.

Bataille a écrit de la littérature qu'elle devait « plaider coupable ». « La littérature est l'essentiel, ou n'est rien. Le Mal – une forme aiguë du Mal – dont elle est l'expression, a pour nous, je le crois, la valeur souveraine. » L'art a pour vocation, sacrée s'il en est, de purger du mal et de le transmuter. Or, on ne combat jamais mieux le mal que depuis le mal même, la cruauté qu'au moyen de la violence, on ne s'élève ni ne tire jamais mieux son énergie que de la profondeur de ses vices. L'homme veut ce qu'il a de pire en lui s'il doit parvenir à ce qu'il a de meilleur. Il n'est pas un artiste, pas un savant qui, puisant des talents, une habileté que seules les passions peuvent révéler – son génie en un mot –, dans le réservoir magmatique de sa personnalité, ne convole à un moment avec le mal. Voilà pourquoi, dans la splendide fable gnostique de Jim Jarmusch, *Only Lovers Left Alive*, les grands artistes du passé – dont Marlowe – sont décrits comme des vampires assoiffés du sang et de l'amour de leurs victimes. On se souvient, de même, que Will Randall, l'éditeur incarné par Jack Nicholson dans *Wolf*, voit son pouvoir créateur décuplé par sa transformation en loup-garou…

Nul hasard si Caravage, Marlowe, Villon furent des assassins. Et que Polanski, si tel est le cas, ait violé, ne le serait pas davantage : ses vampires, son Lucifer sont des violeurs, et *Répulsion* évoque déjà ce crime de la nature panique. *La Jeune Fille et la mort*, sorti en 1994, en serait alors l'ultime catharsis : là, il expie vraiment, *plaidant littéralement coupable.*

C'est que l'art a partie liée avec le mal. Le mal qu'il expie, oui, mais tout en s'y abreuvant, comme en attestent et la fascination de tous les artistes pour l'horreur et la mort, et la manière dont certains d'entre eux cherchent en même temps à les sublimer par la création d'œuvres propres à susciter en leur public le sentiment d'un joyeux infini, ou plutôt la sensation de son immortalité.

La grâce de Bonnard, de son *Paradis terrestre*, doit autant à la Grande Guerre qu'une eau-forte d'Otto Dix. Le sourire de Mona Lisa déjoue les forces du désert primitif, de la nature chthonienne dont Léonard l'a faite ambassadrice. La truculence de Porthos en son trépas titanesque s'explique. Celle de Pantagruel est aussi dans les larmes « grosses comme œufs d'autruche » qu'il verse au *Quart Livre*. Celle de Falstaff enveloppe tout un bourbier de malignes humeurs et les affres de la Guerre de Cent Ans. Celle du Mickey Sabbath de Roth se déploie dans le deuil de son frère. De l'oscillation bucolique de la *Chloe* de Duke Ellington le bayou suinte, exhalant ses morts et ses ténèbres, de même que la claire allégresse des *stomps* d'Armstrong distille la matité des bordels de Storyville. Le génie d'Adrian Leverkühn s'épanouit sous le souffle de la syphilis. Les délices du *Décaméron* poussent à l'ombre de la peste, les masques du carnaval d'Eugène Sue, dans *Le Juif errant*, trinquent au choléra. Et la vérité des facéties de Chaplin est aussi bien dans les considérations métaphysiques de Verdoux que dans l'abjection de la misère, celle que *La Ruée vers l'or* a désignée sous les espèces d'une semelle découpée avec soin et mangée entre amis, d'un Charlot métamorphosé en gigantesque poulet dans l'imagination affamée de son camarade.

D'un autre côté, il n'est pas rare qu'un artiste vivant en des temps de paix et de prospérité relatives – soit intuition de troubles à venir, soit perception de ces maux souterrains que se cache à ses propres yeux la société où il crée – produise une œuvre vigoureuse mais sanglante, chargée comme son portrait l'est des vices de Dorian Gray, de ceux, invisibles, de ladite société et des siens : rien ne forçait Flaubert à imiter Sade et Delacroix, donnant à *Salammbô* une si forte odeur de feu, de sang et de pourriture, si ce n'est le refus de rester dupe de la mièvrerie ambiante. Et c'est en écoutant ainsi les voix de la cave et du grenier, puis en leur donnant à s'épancher, que l'artiste se fait prophète : le suicide de Werther comme la damnation de Don Giovanni puisaient au fonds des passions refoulées d'une Europe encore trop triomphante, trop contente d'elle, dont l'enthousiasme lumineux devait pourtant bientôt s'épuiser au gouffre de la Terreur et des guerres napoléoniennes – sans qu'on ait daigné prêter l'oreille au sombre avertissement du voyant.

L'art est culte, non du désespoir mais de la vie. Or la vie est tissée de souffrance et de mort. L'art conteste certes le réel, mais sans jamais se dérober à lui. Son sens aigu du mal n'est pas complaisance vis-à-vis du néant ou culte de l'abjection, il est amour de ce qui existe.

Ainsi l'art est-il, peut-il être encore, dans le procès livré à la chair, *défense de rupture*. Par l'or vivant de la Danaé de Klimt ; la douillette béance du *Lit à la française* et l'eau de la caverne recevant dans son sein glauque le corps d'Hendrickje ; la vapeur dont se nimbe celui, alangui, de Marisa Berenson dans *Barry Lyndon* ; le gant lentement ôté de Gilda ; le cuivre de Leontyne Price ; le velours de la Callas ; le jasmin d'Asmahan ; la lave d'Armstrong.

Il peut continuer de suivre, pour cela, la leçon des sorcières.

Caïn, Noé, Morel

> « Une civilisation uniquement utilitaire ira toujours jusqu'au bout, c'est-à-dire jusqu'aux camps de travail forcé. »
>
> Romain GARY, *Les Racines du ciel*

Notre âme est de chair, notre âme est animale – et par là, elle est sorcière. La modernité industrielle est déni d'animalité. Et qu'on tue les bêtes à la chaîne ou qu'on nous nourrisse de pilules, c'est un même déni, un même *procès de la chair* : la viande (que le latin appelle du même nom, *caro*), conjointement avec le sexe, s'est révélée être l'un des lieux de cette vaste opération disciplinaire.

Le sang, c'est la vie, proclame le Lévitique, c'est l'âme de toute chair. Jusqu'à Descartes, personne n'a douté que l'animal eût une âme : le mot même d'*animal* ne le dit-il pas explicitement ? Avant que le modèle biologique du souffle et du flux ne fasse place à celui de l'automate (lui-même aujourd'hui remplacé par l'ordinateur auquel il est de bon ton de ramener la prétendue perfection de nos neurones), nul n'eût jamais nié que les bêtes partageassent avec nous la possibilité de sentir, de vouloir, de souffrir. Les procès d'animaux en sont la preuve, qu'ils soient médiévaux ou juifs : la Mischnah spécifie que le loup ou le lion qui aurait tué un homme, ou même le serpent, *il revient à un tribunal de vingt-trois juges de les condamner*.

Tout cela change avec le machinisme de Descartes : pour lui, la bête est pure matière, et donc machine, l'homme seul ayant de l'esprit. Malebranche, oratorien et cartésien « extrémiste », donnait à sa chienne *pleine* des coups de pied au ventre. Ses hurlements de douleur lui prouvaient paradoxalement que « cela ne sent point ». On a vu plus haut ce que La Mettrie devait faire de ces raisonnements en les poussant à leur comble. En fin de compte, l'idée de l'animal-machine aura autant justifié l'exploitation de l'homme par l'homme que celle de la faune et de la nature, du bétail *traité* comme une matière première.

En fait, Descartes avait rompu une fois pour toutes avec une certaine mentalité « primitive » ou « païenne », à laquelle se rattachait encore Montaigne quelques décennies plus tôt[26], et que ses contemporains Gassendi et La Fontaine voulurent préserver : pour ces auteurs, ni plus ni moins que pour les Anciens, l'*animal* restait un *porteur d'âme*.

C'est que si Malebranche s'amusait des cris « mécaniques » de sa chienne, ils eussent sonné, aux oreilles de toute l'Antiquité, comme de véritables *plaintes*. La douleur psychologique n'était d'ailleurs pas exceptée : Homère raconte que le vieux chien Argos attend pour mourir le retour de son maître Ulysse, vingt années durant. Mon grand-père se souvenait, lui, que la chienne de son petit frère, mort tout enfant en Algérie, creusait sa tombe dans l'espoir de le retrouver.

Les Hébreux ne différaient pas foncièrement de leurs voisins, témoins l'épisode de l'ânesse de Balaam et même nombre de dispositions légales liées à l'impératif d'épargner la « souffrance des êtres vivants », *ṣa'ar ba'alei ḥayyim*. La Fontaine, qui répond explicitement dans son *Discours à Madame de La Sablière* à Descartes, connaissait peut-être le commandement biblique de laisser s'envoler l'oiselle dans le cas où l'on aurait à s'emparer de ses œufs : à en croire Maïmonide, il y aurait là, comme dans l'interdiction d'immoler le petit à la mamelle, une prescription éthique reposant sur le devoir d'épargner à la mère un « chagrin », et qui prend sens si l'on considère que l'animal n'est pas moins doté que nous de cette *âme sensible* qui lui donne son nom.

La *nephesch* biblique, « âme de vie » ou « principe vital », est la racine de notre âme *spirituelle*, elle spécifiquement humaine : le Lévitique nous apprend que cette âme primordiale appartient aux bêtes comme aux hommes, qu'elle réside dans le sang, interdit pour cette raison à la consommation. Pour les philosophes médiévaux, nourris à la fois de la Bible et d'Aristote, il existait encore, à côté de l'âme humaine, indivisible et irréductible à l'étendue – l'âme « cartésienne » en quelque sorte –, une âme végétative et une âme sensitive. Dans le *Discours de la méthode*, Descartes se débarrasse purement et simplement de ce genre d'entités intermédiaires : il n'y a plus, pour lui, que pure étendue ou pur esprit, l'homme étant, encore plus mystérieusement que chez les Anciens et les Médiévaux, un composé des deux, quand les autres animaux sont cantonnés à l'étendue, à la matière. De sorte que ça n'est pas seulement la notion d'animalité, complètement impensée comme on le voit, mais celle même de vie que la philosophie de Descartes me semble avoir ainsi piétinée.

*

N'oublie-t-on pas trop souvent que le premier homme à verser le sang, dans la Bible, n'est pas Caïn mais Abel ? N'est-ce pas lui qui offre à l'Éternel « des premiers-nés de son bétail », quand son aîné, un simple cultivateur, se contente de lui « apporter des fruits de la terre » ? Le sacrifice est perçu et parfois même décrit par ceux qui s'y adonnent comme un meurtre ; son efficience est fonction de cette dimension criminelle.

La Bible présente les premières générations de l'humanité comme végétariennes : les deux offrandes dont il est ici question ne répondent à aucune prescription, la sanglante encore moins que l'autre. Il importe en l'espèce bien peu que la réalité historique ait été différente, puisque le végétarisme fait ici surtout figure d'idéal et que, dès l'instant que l'homme se retrouve hors d'Éden, cet idéal s'avère intenable. Relevons au passage avec Plutarque que rien chez l'homme ne laisse imaginer une propension naturelle à la consommation de viande : « L'homme n'a ni bec crochu, ni griffes ou serres, ni dents tranchantes, lit-on dans *De la consommation de la viande*.

Et si vous vous obstinez à soutenir que la nature vous a faits pour manger la chair des animaux, égorgez-les donc vous-mêmes, je dis de vos propres mains, sans vous servir de couteau, de massue ou de hache. Faites comme les loups, les ours ou les lions. » Il constate que la viande ne se mange que préparée, cuite de préférence : on dirait que l'on dîne d'un « mort embaumé » ! Comparaison discutable mais dont la force graphique me hante.

Abel, en sacrifiant, n'agit peut-être pas tant contre la nature, que contre une consigne divine, celle par laquelle les fruits, les céréales et les racines avaient été imposés comme seuls aliments à ses géniteurs : « Et je vous donne, dans la terre entière, toute plante portant graine ; tout arbre au fruit portant graine – voilà ce que sera votre nourriture ! » On appelle prêtre celui qui sacrifie : deux leçons ici, l'une, que le berger est prêtre, qu'il est là, d'abord, pour sacrifier ; l'autre que sacrifier, c'est toujours transgresser. Point de sacré sans violation des interdits, point de *sacrifice* sans *sacrilège*. Mais c'est cette violation même qui instaure la paix, par l'extase religieuse, la religion étant à la fois loi et subversion de la loi. C'est une faute que de prendre la vie d'une bête, mais une faute nécessaire à la transformation de la violence maléfique et destructrice en son contraire, c'est une violence, en un mot et comme il a été dit au chapitre précédent, *bénéfique* : oui, le sang doit être répandu. Abel « pèche » mais, si l'on peut dire, saintement : c'est en tout cas de sa transgression que nous apprenons la première et seule voie de salut, celle de la violence protectrice et curative. Le sang lave, le sang rachète, parce que c'est lui qui, bouillonnant, menace à chaque instant de renverser les digues dont l'humanité ceint une nature trop rebelle.

Le rôle de la viande est donc sacré, et social parce que sacré, plutôt que nutritif. S'il est possible qu'en effet le régime originel et le mieux approprié à l'homme soit, comme l'ont cru et les auteurs de la Torah et Plutarque, végétarien ou essentiellement tel, il reste que *nous ne mangeons justement pas la viande pour nous nourrir*. En tout cas ça n'est pas la raison pour laquelle nous avons continué de la manger pendant des siècles. Qui sait même si ce sang, cette viande que souvent réclament la femme au moment de ses règles et la femme enceinte, ne sont pas *rituels* ? Qui sait, au fond, la part du rite et de la physiologie dans la manière dont nous sommes au monde ?

On se trompe en abordant le problème de la viande sous l'angle de la seule philosophie ou des besoins biologiques : Plutarque lui-même, prêtre d'Apollon, se montre ici trop moraliste et pas assez théologien. Le prétendu « antispécisme », la cause *vegan*, et avec eux le problème, réel, de la barbarie agroalimentaire, doivent être abordés d'un point de vue religieux.

On ne mange pas de la viande comme on mange de la salade ou comme on avale un complément alimentaire. En le faisant, on se joint, par la violence, à une vie plus large et à sa propre finitude, ainsi qu'à celle de ses morts, afin de conjurer par là cette violence et cette finitude. Le geste du boucher est métaphysique autant que physique : voilà ce qui nous reste des sacrifices sanglants de l'Antiquité, voilà ce que notre humanité n'est, je crois, pas prête encore à abandonner. Le sacrifice ôte à l'animal sa dimension de *chose*, le retire au monde du travail, du calcul et de l'économie et révèle du même coup sa « profondeur » : il dit le contraire de Descartes. S'il est bon qu'elles aient pris fin, du moins dans leurs formes les plus sanglantes et dans la mesure où existent d'avantageux substituts à leur violence, il est bon aussi de se souvenir que le temps des offrandes fut paradoxalement l'âge d'or des animaux, lesquels étaient alors, comme le dit Élisabeth de Fontenay dans *Le Silence des bêtes*, « partie prenante dans une chaîne de pratiques symboliques ». Si l'homme seul fabriquait de tels symboles, tout son imaginaire était peuplé par les bêtes, tout ce qui le distinguait d'elles reposait en fait sur ce qu'à ses yeux elles avaient de force et de beauté : il plantait le ciel d'animaux, qu'il mêlait à ses épopées, à ses rêves et à ses temples, avec lesquels, aussi, il ne dédaignait pas d'être enseveli. Les atrocités carnées décrites par Plutarque correspondent à une époque déjà privée de souffle sacrificiel, livrée au scepticisme et à l'athéisme, où le peuple, et il l'a déploré ailleurs, ne vouait même plus sa confiance aux oracles. L'éternel Treblinka d'Isaac Bashevis Singer ne commence pas avec la consommation de viande, mais avec sa banalisation.

Noé, le « consolateur », est aussi celui qui sacrifie, et il est même le premier homme auquel permission soit donnée de manger de la viande. C'est là une idée essentielle, car elle empêche de voir dans cet élu le misanthrope ou l'écoterroriste que d'autres versets avaient l'air d'évoquer, occupé seulement de son salut et de celui des animaux : il y a une dialectique, et, pour ainsi dire, *deux* Noé, en lutte l'un contre l'autre ; l'un n'agit que pour un monde qu'il croit innocent et qu'il voudrait sauver de la méchanceté humaine – au point de maudire sa propre progéniture –, tandis que l'autre agit certes pour la beauté du monde, mais la beauté du monde, c'est d'abord une certaine idée de l'homme.

Abel et Noé sont violents, tout comme Caïn, mais ils ont choisi de tourner habilement leur violence, quitte dans le cas du premier à transgresser l'idéal divin, vers l'extérieur, vers ce bétail, innocent certes, mais voué, peut-être par là même, à changer par son sacrifice, la mauvaise en bonne violence. En tout cas, si au plan biologique nous ne pouvons pas encore nous passer complètement de viande comme le croyait Plutarque, le steak de laboratoire nous en donnera bientôt, soyons-en certains, le loisir. Seulement, ce que nous mangeons lorsque nous mangeons un steak, c'est un individu, *c'est une vie* qu'ainsi nous nous incorporons, et cela importe plus que la quantité de protéines que ce steak nous apporte par ailleurs.

Voilà pourquoi aussi, si je comprends sans la partager la quête des végétariens, je tolère mal ces carnivores honteux, que dégoûtent les abats ou qu'offusque l'égorgement préconisé par la loi juive : on doit, en mangeant de la viande, *savoir* que l'on s'unit à une autre vie, à une autre mort. Rien de tel pour cela qu'une platée de tripes ou de ris (le thymus des Anciens), rien qui approche l'étude circonspecte de lois immémoriales par lesquelles l'immolation se transcende en offrande ! Mais parce que la viande est mémoire, parce qu'elle est le souvenir de la transgression sainte d'Abel et de l'alliance noahide, parce qu'elle est, par essence, rapport à notre propre mortalité et à notre propre viande (*caro*), ainsi qu'à la vie immortelle des ancêtres, nous ne devrions en manger qu'à la manière de jadis, rarement et en nous souvenant justement que ce steak que nous mangeons, que ce magret est un reste d'offrande. On mange la viande parce qu'on est soi-même viande, parce qu'on est chair, et qu'on expie ainsi la tentation de porter atteinte aux chairs avec lesquelles on forme une communauté, humaine ou tribale.

L'abattage rituel lie ainsi, par le sang et le regard porté franchement à l'acte mortel, l'homme avec les bêtes et donc avec le substrat de sa propre vie. Dans le judaïsme, il est permis de s'incorporer une autre chair, mais, en répandant le principe vital de celle-ci, on marque comme une forme de distance, de respect, (méta)physiquement parlant, à l'égard de l'animal : on ne mange pas son âme. On lit dans le Talmud que c'est à l'endroit où elle « parle » que la bête doit être touchée par le couteau. Il y a là toute une pensée fort étrangère à l'Europe cartésienne.

L'*égorgement*, soit la *scheḥitah* proprement dite, consiste dans le fait de trancher d'un coup la trachée et l'œsophage. Le *saignement* lui est coextensif : c'est parce que la bête doit être saignée au plus vite qu'elle est égorgée selon les règles prescrites, le sang devant s'écouler quand le cœur bat encore. Dans la procédure de la *scheḥitah*, il n'y a pas d'étourdissement préalable, de peur que le cerveau ne soit endommagé ; de plus, certaines formes d'étourdissement provoquent un arrêt cardiaque, empêchant dans ce cas le sang de s'écouler convenablement. C'est évidemment ce point qui attire la réprobation des bonnes âmes. L'étourdissement est une technique récente, encore n'est-elle pas si universelle qu'on le croit : j'ai vu des fermiers tordre le cou de poulets ou de lapins, il y a peut-être quinze ans, sur un marché du Périgord. Reste que la mise à mort par égorgement n'amène pas forcément une perte de conscience immédiate. Il a été cependant observé qu'elle advenait pour plus de neuf bêtes sur dix et que, lorsque les prescriptions rituelles sont minutieusement suivies, la *scheḥitah* s'avère en fait aussi peu cruelle, voire moins cruelle que d'autres modes d'abattage[27]. Cela s'explique par le fait que la *scheḥitah* inclut aussi un certain nombre d'usages et d'interdits dont le but est d'épargner la « souffrance des êtres vivants », *ṣa'ar ba'alei ḥayyim.* C'est à ce propos que Maïmonide écrit, dans le *Guide des Égarés* : « Comme il y a nécessité de se nourrir de la chair des animaux, on a eu en vue de leur infliger la mort la plus légère et en même temps d'obtenir cela de la manière la plus facile. »

Chez d'autres, ce seront justement d'autres traditions, d'autres mémoires, que je peux admirer tout autant, pourvu que l'animal, en tant que vivant, soit respecté au préalable : le Juif que je suis, qui ne chassera jamais parce que les règles de la *scheḥitah* lui tiennent lieu, avantageusement, de rapport à la vie et à la mort, respecte le chasseur fils de chasseur. Sa voie n'est pas la mienne mais nous ne nous opposons pas pour autant.

Il existe des cas-limites. La chasse à courre pourrait en être un : cruauté ou union ritualisée, par le sang et la terreur, avec l'essence sauvage de la vie, je ne sais.

De même, assister à une corrida est une tentation à laquelle je résiste, sentant que ça ne serait pas là ma place. Quoique je sache ces hommes capables d'envisager sereinement la mort supérieurs à ceux qui en détournent sagement les yeux, je ne me crois pas le droit de partager leur extase en applaudissant à la mise en scène de ce mystère.

Je ne prétends pas faire de ce choix une maxime universelle, et pour être franc, la corrida désarme mes raisons : d'un côté, il y a la puissance mythologique, l'abjecte splendeur du taureau-soleil immolé ; de l'autre, il y a justement le danger de réduire le sacrifice à un acte esthétique, la mort à la beauté, la chair à une matière que l'on « travaille ». « Enfin, lit-on dans *Mort dans l'après-midi* d'Ernest Hemingway, lorsque j'eus appris tout ce qu'on pouvait faire du taureau grâce à ses propriétés artistiques, je lui gardai pour toujours mon admiration, mais sans ressentir pour lui plus de sympathie que pour la toile qui porte la peinture, ou le marbre que travaille le sculpteur. » On ne saurait se situer plus loin de la mentalité sacrificielle, pour laquelle c'est une vie que l'on sectionne et presque un dieu que l'on met à mort. Alors au fond, est-il possible d'envisager avec Bataille cet art comme une pratique sacrificielle valable ? Les offrandes sanglantes de l'Antiquité n'avaient d'ailleurs pas besoin d'être publiques ou « artistiques » pour être efficientes ; *solennelle*, leur exécution l'était, mais cela ne signifie pas qu'elle fût *belle* au sens où l'entend l'aficionado.

Il n'empêche que dénoncer la corrida tout en jugeant acceptable, parce que prétendument exigé par les besoins nutritifs de la population, l'élevage industriel, relève de la plus ignoble des hypocrisies. Si, avec la corrida, le sacrifice s'épuise en quelque sorte dans sa propre cruauté, si l'esthétisme avec lequel il est réalisé nuit à son authenticité rituelle, la mise à mort ne s'y paie au moins jamais de bonne conscience ; avec l'industrie de la viande, on n'a que la barbarie mièvre des *bons*, la mièvrerie vêtement de la barbarie. Les abattoirs ne se trouvent pas au centre des villes mais, comme les prisons, à leurs marges ; et le plastique dans lequel la population défavorisée et majoritaire trouve sa pitance lui cèle habilement la vie et la mort (le plus souvent atroce) des bêtes qu'elle dévore. Aux portes de Paris, aux portes de Paris, répète, sur le ton dont on récite une fable devant la classe, la voix du *Sang des bêtes* de Franju. Aux portes de Paris, le sang coule, et dans ses premiers plans est démasquée la joliesse d'Auguste Renoir.

L'une des premières lois votées sous Hitler, en avril 1933, fut l'interdiction de la *scheḥitah*. L'hypocrisie du nazisme ne s'est jamais mieux exprimée que là. Les derniers plans du *Juif éternel*, censés insoutenables, montraient la mise à mort de vaches par des Juifs. Ironiquement, les chevillards de La Villette, que l'on voit si brutaux dans le film de Franju (répondait-il au *Juif éternel* ?), cultivaient un antisémitisme sauvage, qu'ils justifiaient par le respect du bien-être animal. La barbarie ultime fut ainsi préparée par une déconcertante mièvrerie. Le SS était « l'ami des bêtes », du moins est-ce ainsi qu'il aimait à se décrire[28]. Notons au passage que cette loi n'empêcha ni l'utilisation à outrance des bêtes (chiens et chevaux principalement) pour les besoins de la guerre et de la conquête, ni la promotion de la chasse : Göring ne s'était-il pas intitulé *Reichsjägermeister,* Grand Veneur de l'Empire, qualité qu'il s'employait à justifier avec un zèle arrogant dans son pavillon de chasse du Brandebourg ? Malheureusement, on n'en a pas fini avec cette distorsion d'esprit qui fait juger préférable à l'égorgement hérité des pontifes juifs la mise à mort par le fusil ou par la dague du veneur – quand ça n'est pas l'épuisement de la bête ou la dent de la meute. En France, au sein de la droite comme de la gauche souverainiste et autoritaire, il en est pour vouloir interdire la *scheḥitah* ou toute forme d'abattage rituel sans étourdissement ; en revanche et à l'instar de Göring, il ne leur viendrait pas à l'esprit d'imposer l'étourdissement aux chasseurs ou aux mangeurs de homards. Ni, surtout, d'interroger l'efficacité des méthodes par lesquelles les abattoirs ordinaires prétendent limiter la souffrance animale – méthodes qui n'ont souvent comme conséquence que de la décupler, comme lorsque des cochons ou des vaches que l'on croit ou feint de croire inconscients sont *écorchés*, non seulement vifs (l'abattage en série laissant en fait agoniser, rendement oblige, nombre d'entre eux), mais encore bel et bien conscients. Que la Le Pen et Dupont-Aignan demandent donc des comptes à ces criminels qui parquent leurs bêtes comme autant de bouteilles de plastique, à ces employés qui, traitant leur pauvre vie comme de la matière brute, jettent au sol les agneaux pour leur fracasser le crâne et ainsi en finir plus vite ! Les témoignages existent, et ils sont nombreux[29].

Le vrai problème n'est pas celui de la mort en tant que telle, mais celui des conditions d'existence qui, seules, rendent cette mort supportable ou non. Il est cependant plus facile de s'en prendre à une poignée de Juifs et de métèques qu'aux puissants éleveurs bretons.

*

L'un des avatars littéraires de Noé est Morel, le héros des *Racines du ciel*. Pour lui, et il reste à cet égard cartésien, l'esprit est irréductible à l'espace : la part éternelle et immatérielle de lui-même peut échapper aux nazis par le miracle de la pensée – des souvenirs, des rêves, de l'espoir. Il le fait en rêvant aux éléphants. Enfermé avec quelques autres Résistants, il sent que les murs vont l'étouffer ; alors l'un de ses camarades a une idée : penser aux éléphants, oui, penser à ces géants qu'ils n'ont jamais vus en vrai – et ainsi *s'échapper*. « Quand il est sorti de cellule, il nous a passé le filon, et chaque fois qu'on n'en pouvait plus, dans notre cage, on se mettait à penser à ces géants fonçant irrésistiblement à travers les grands espaces ouverts de l'Afrique… » Quand, plus tard, Morel se mettra en tête de les sauver, ce sera toujours au nom de la liberté humaine.

Là où il se sépare de Descartes, c'est que ces éléphants auxquels il rêvait, ils sont libres, eux aussi : à ses yeux, la liberté réside également dans cette matière que Descartes croyait, lui, vouée à une stricte nécessité. Ou plutôt dans cette entité intermédiaire, dans ce sang, cette *nephesch* que le métaphysicien a méconnue. Tout se passe en effet avec Gary comme si nous devions réapprendre à voir en la chair animale la vie qui l'habite. Paradoxalement et contre Descartes qui y crut pourtant plus qu'aucun autre, la défense de ces animaux menacés dit l'irréductibilité de l'esprit humain, de l'esprit dans son enracinement en la vie, laquelle n'est ni pur esprit, ni pure matière.

Plus largement, et ça n'a rien de fortuit, Morel affirme qu'il s'agit d'une « dimension de vie à sauver ». Un autre personnage du roman, Laurençot, s'exprime en ces termes : « Il faut absolument que les hommes parviennent à préserver autre chose que ce qui leur sert à faire des semelles, ou des machines à coudre, qu'ils laissent de la *marge*, une *réserve*, où il leur serait possible de se réfugier de temps en temps. C'est alors seulement que l'on pourra commencer à parler de civilisation. Une civilisation uniquement utilitaire ira toujours jusqu'au bout, c'est-à-dire jusqu'aux camps de travail forcé. » Sans cette marge, nous dit en somme Gary, on arrive bien vite, au mieux à l'usine des *Temps modernes*, au pire aux plantations d'Alabama, à Auschwitz et au goulag. Lorsque la nature est réduite au statut de fonds que l'on inspecte et épuise à volonté, l'homme lui-même encourt le danger de n'être plus que celui chargé de tenir les comptes, avant de rejoindre le fonds lui-même[30].

À ceux qui lui rétorquent que le combat pour la liberté, que la Résistance et la décolonisation valent mieux que les éléphants du Tchad, Laurençot s'empresse de répondre que « les éléphants font partie de ce combat-là. Les hommes meurent pour conserver une certaine beauté à la vie ». Ne meurent-ils pas aussi, lorsqu'ils ont trahi la vie et sa beauté, de la vengeance qu'elle exerce sur eux ? Le coronavirus n'a-t-il pas vengé oiseaux, dauphins et pangolins ? Je ne sais si les animaux sont « pauvres en monde » comme le croyait paradoxalement Heidegger, mais ce qui n'est pas douteux, c'est que sans eux, notre monde, notre *oikos* n'en serait pas un.

La souffrance de ceux qui ne parlent pas, le salut des autres espèces, la préservation du monde qu'avec elles toutes nous étions appelés à constituer ne sont certainement pas des questions futiles. Aimer et respecter la vie, c'est s'aimer et se respecter soi-même. L'extinction des grands singes – ces hommes primordiaux, ces satyres[31] où notre civilisation peut s'observer en sa nudité –, des éléphants, des abeilles, comme l'expérimentation animale et l'élevage en batterie avec leurs bêtes privées, précisément, *de tout monde*, les « vaches-hublots », la stérilisation généralisée ou l'isolement sexuel des animaux de compagnie, l'artifice du parc zoologique qui fait de l'espèce marginalisée une sorte de monument à sa propre disparition, tout cela insulte à notre humanité et à notre science, à nos consciences si sûres d'elles et non seulement à la vie en général. L'homme ne peut survivre, en tant qu'homme, dans une forêt d'acier et de plastique, où la chair animale ne vaudrait plus que la quantité de protéines et de graisses qu'elle contient, ou même de contentement qu'elle pourrait apporter à nos solitudes.

Notre signifiance se dessine sur un fond profus, bigarré, pléthorique. Le monde ne nous est ni neutre ni transparent : la moindre de ses palpitations doit nous être regard et appel. Le pouvoir de nommer la Création n'est pas une domination utilitaire, il est plutôt celui de faire éclore le sens latent des choses, d'être le « conservateur des infinis visages du vivant ». C'est pour nous tous une question de vie et de mort. Nous n'avons pas grandi seuls, mais parmi la multitude animée et dans le frémissement des espaces : les couleurs et les motifs de nos peintres, les accents de nos musiciens ont poussé à cette ombre. Et lorsqu'une espèce abdique, c'est une facette du vivant qui s'efface mais aussi, par elle, de nous-mêmes.

Ce n'est pas cependant que la nature soit intégralement « bonne ». Au contraire, c'est peut-être bien d'elle-même qu'il faudrait la protéger. En effet, quelle espèce de droits connaît-elle ? Certainement pas celui des animaux, disons-le, puisqu'il n'est de droits que sociaux et, par définition, juridiques[32]. La nature ne connaît que la nécessité, que l'humain a pour but de surmonter. S'il est de notre responsabilité de protéger les autres vivants, ils n'y ont pas *droit* comme nos frères humains. Le droit de vivre lui-même n'existe aucunement dans le monde de la vie brute, où le meurtre est la règle. « C'est une chose qui demande à être mise au point », dit l'un des Résistants des *Racines* au sujet de la nature. Et le romancier de relier la folle épopée de Morel au combat « humaniste » mené par d'autres contre la maladie ; d'un cancérologue, il écrit : « Les conditions biologiques actuelles de l'existence humaine lui apparaissaient comme une injustice de l'ordre du scandale... En sortant de l'Institut, il acheta le journal et y chercha les nouvelles de l'homme qui partageait si clairement son indignation, et son refus de capituler devant les conditions de vie qui nous étaient faites », Morel donc, le défenseur des éléphants. Pour Gary, la protection de la faune n'est ni misanthropie ni nostalgie primitiviste : il s'agit de donner à l'homme la pleine mesure de sa dignité en le faisant triompher des fatalités naturelles. De mieux aider la nature à se dépasser en culture, de mieux fonder la culture en la nature.

*

L'erreur est de croire qu'il existe un droit à la viande : il n'en est rien, la viande doit être rare, sa consommation doit relever de l'exception, voire de la transgression organisée. Quitte à choquer les passionnés de l'égalité, je dirais que la viande devrait redevenir chère. Si l'on en juge par les effets catastrophiques de sa production à outrance sur les populations humaines les plus vulnérables – privées de ressources, affamées au profit de l'élevage de masse, ou poussées à l'absorber en quantités aberrantes et dès lors acculées à l'obésité et au cancer –, ce renchérissement ne nuirait même pas tant aux pauvres qu'il y paraît. Il irait néanmoins contre une certaine conception du progrès économique qui l'a par trop identifié à la « viande pour tous », tout le temps, deux voire trois fois par jour.

Et pourtant, si c'est d'une marge de vie qu'il s'agit, et si aimer passionnément la vie doit aller de pair avec le culte profond et véritable de la mort, vie et mort s'échangeant sans cesse aux entrailles de l'être, alors pourquoi répondre à la barbarie des abattoirs par la mièvre asepsie des viandes de synthèse ? Refuser un monde sans marge, un monde « uniquement utilitaire », c'est autant veiller à ne pas nous couper de nos propres racines animales, à ne pas priver la culture de sa sève naturelle, qu'avoir en soin les éléphants et les abeilles.

Nos âmes charnelles réclament encore leur part de violence, et c'est peut-être bien par là qu'elles resteront humaines tout en se liant aux bêtes. Antinomie du véganisme, qui propose de sanctuariser la vie animale tout en la méprisant en son essence violente. Ce militant qui avouait il y a quelques mois que le but ultime de sa cause serait la suppression, chez les bêtes elles-mêmes, de l'alimentation carnivore, était au moins honnête, ou plus conséquent que ses camarades. Notons d'ailleurs que cette sanctuarisation dont je parle, et qui repose sur l'agriculture, causerait des hécatombes d'insectes et de lombrics dont nous pâtirions tous à terme : cette nature qu'ils n'aiment que comme Éric Zemmour aime le passé – pour faire joli – ne s'en relèverait pas. Leur doctrine ignore de quoi se tisse le monde que nous partageons avec les animaux, elle méconnaît la manière dont l'élevage, la chasse nous ont bâti depuis des millénaires un *écosystème* dont l'abolition leur serait fatale autant qu'à nous. Si le cheval n'était pas originellement « fait pour » nous porter sur son dos, ni l'auroch pour nous nourrir de sa viande ou le loup pour, devenu chien, accompagner nos chasses ou protéger nos foyers, ils ont du moins, avec nous, évolué de la sorte et les rendre aux déserts d'où nos ancêtres tirèrent les leurs serait les trahir. (Il n'est pas jusqu'à ce grâcieux tigre qu'on appelle chat, qui n'ait besoin de nous pour, à tout le moins, exercer sur d'autres bêtes que lui son despotique érotisme.)

Le véganisme ne dérive ni du végétarisme de la Bible ni du souci de Plutarque : comme le note Paul Ariès, il faudrait plutôt chercher l'origine de cet ascétisme du côté de John Harvey Kellogg (l'inventeur des *corn flakes*), le même philanthrope qui conseillait de badigeonner le clitoris des fillettes d'acide carbolique. Négation mécanique des lois de la nature, procès de la chair et discipline : ce catharisme moderne, par son refus de la violence, est d'abord détestation de la vie. Notons au passage que nombre de végétaliens constatent une baisse significative de leur activité sexuelle dès lors qu'ils ont embrassé ce régime : il n'y a là nul hasard, la chair dont on jouit et la chair que l'on mange n'étant au fond qu'une seule et même chose.

La même idéologie du performatif et des entités creuses, l'idéologie de la neutralité, nous fait les compléments alimentaires comme les inhibiteurs d'hormones – et l'élevage industriel. Dans tous ces cas, un esprit confiné, saigné à blanc, est soustrait aux faits naturels par un écran de conceptions abstraites et machinistes.

Reste que l'idéal véritable du *vegan*, c'est l'abstinence et le suicide, c'est le *santhara*, la mise à mort par le jeûne – l'accomplissement ultime et total de l'idéal de non-violence. Ainsi voudrait finir la fille du Suédois dans *Pastorale américaine* de Roth : devenue jaïn, elle sait désormais que vivre, c'est *forcément* être violent, et sinon avec ses semblables ou avec les bêtes, du moins avec le règne végétal, avec le monde minéral que chaque vivant marque du sceau de son intériorité. Reste alors à se supprimer. La nourriture de synthèse est le retournement de cette mièvre passivité en une domination active de tout ce que la vie recèle de violence. C'est une autre forme de suicide. Il fut question il y a quelques mois d'un « sanctuaire pour animaux » *vegan* en Espagne, *où les coqs étaient séparés des poules afin que celles-ci ne fussent pas violées par ceux-là* : marginal, cet extrémisme dit quand même ce qu'il en est, au fond, d'une idéologie qui n'aime la nature qu'inoffensive et dont la victoire serait le comble, l'ultime de l'utilitarisme.

Or une civilisation utilitaire ira toujours, comme dit Gary, jusqu'au bout. Morel veut la vie, pas la béatitude formolisée du laboratoire : faisons comme lui, pendant qu'il en est encore temps.

Chair et espace

> « Les bourgeons paraissent à la terre : le temps du chant est venu, la voix de la tourterelle s'élève à notre terre. »
>
> Cantique des Cantiques

Il est une magie de l'espace où se déploie celle de la chair. Chaque chair est, dans le lieu qui l'enchâsse, comme un verre de cristal qui se brise lorsqu'on émet à côté de lui un son d'une certaine tonalité.

La raison calculante, qui nous fait des villes *désincarnées*, n'est pas moins aveugle à la magie spatiale qu'à la magie charnelle – les deux n'étant, au fond, qu'une seule et même chose. Le corps qu'elle veut traîne sa perfection machinale dans un espace réglé, géométrique, où nulle place ni temps ne se perd. Le procès de la chair, c'est le café – où tantôt on lit en silence, tantôt l'on gueule, où l'on drague et refait le monde – vaincu par la tranquille uniformité de Starbucks, c'est l'interminable sourire des vendeurs de chez Apple. La ville suburbisée, univocisée, unifiée dans l'anonymat de numéros, de boulevards sans fin ; la ville où l'on a autre chose à faire que de se rencontrer : la ville non-ville, ni campagne ni ville. Et sur cette dépouille de l'amour romantique – si inséparable de l'antique géographie européenne –, dépouille qu'on tente désespérément de formoliser dans le kitsch, dans le fake des *good old days*, grouille aussi la vermine des tournantes.

L'Europe est un sol et non seulement une idée – une idée se manifestant à même le sol et le paysage qui la reçoivent : Socrate s'explique par l'Ilissos aux rives duquel il va se rafraîchir, saint François par les champs et les forêts de l'Ombrie, Spinoza par les brumes d'Amsterdam.

Pareils aux conquistadores qui semblent n'avoir point *vu* l'admirable nature des pays qu'ils découvraient, intéressés seulement qu'ils étaient, parmi les forêts vierges et les montagnes, par les veines d'or qu'ils cherchaient à travers l'épaisseur de ces dernières, les « gens de droite », particulièrement en Amérique, ont immolé les visages du vivant, toute la splendeur de l'espace, au faux conservatisme de leur avidité. Cela a commencé, du reste, bien avant notre époque : il importait déjà peu à l'industriel du XIXe siècle, exploitant sa mine ou son usine à l'endroit même où une riante campagne s'épanouissait auparavant, de la défigurer ainsi tout en viciant son air par des vapeurs nauséabondes. Ici, l'appât du gain rencontre, si j'ose dire, une métaphysique égalitaire : les prairies et les forêts, l'horrible et splendide nature sauvage, si pleine de contrastes, la « terre monstrueuse » du Satyre de Victor Hugo, ont partout laissé place à une vaste uniformité géométrique.

En France, ce sont des « conservateurs » qui ont massacré le Paris – celui, encore, des surréalistes – où Balzac pouvait entendre, au détour d'une rue louche, « des ritournelles sortant d'entre les pavés » et « de ces paroles que Rabelais prétend s'être gelées et qui fondent ». Un Paris magique dont les cabarets communiquaient avec les profonds souffles sacrés. Comme le note Walter Benjamin dans son projet des *Passages*, « les trottoirs élargis, la lumière électrique, l'interdiction qui frappe les prostituées, la civilisation de l'air libre » – le despotisme moderne en somme –, auront eu raison des passages couverts où le flâneur du XIXe siècle croyait encore pouvoir descendre chez les Mères de Faust... « La croissance des grandes villes, dit-il aussi, s'accompagne de celle des moyens qui permettent de les raser », d'où la méfiance des poètes à l'égard de la technique. Fétichisme de la marchandise et réification s'accordent à la destruction de l'habitat charnel.

Pompidou a prolongé et radicalisé le geste d'Haussmann : celui-ci jeta la pleine lumière sur une ville de ruelles et d'obscures légendes ; celui-là éventra plus tard ce qu'il en restait, liquida les vestiges du Paris romantique et surréaliste avec le cynisme et la lâcheté d'un bourgeois sans âme. La maire actuelle ne saurait commettre pires ravages que ceux de Montparnasse, du treizième arrondissement, de la porte Maillot et de Beaugrenelle, ou, de façon moins spectaculaire, de la rue de Rivoli, tous au moins entamés par la droite il y a plusieurs décennies.

Car ce sont d'abord ces hommes que le passé n'intéresse que s'il peut faire joli dans un salon, qui ont détruit la beauté des espaces et les mythes vivants du peuple. Dans ses *Écrits corsaires*, Pasolini parle de « génocide » culturel : par la consommation, la bourgeoisie démocrate-chrétienne a fait du peuple – italien en l'espèce – une masse unique et sans visage, aphasique[33]. Pendant tout le XIXe siècle, des résistances s'étaient d'ailleurs mises en place, en son creux même, au totalitarisme technique. Benjamin s'intéresse notamment à la manière dont la mode ou l'ameublement permirent alors – du style troubadour jusqu'aux courbes végétales de l'Art nouveau, en passant par l'omniprésence des dieux, satyres et autres naïades – une sorte de subversion de la modernité industrielle : « L'homme déréalisé, écrit-il, fait de son domicile un refuge. » À vrai dire, on pourrait aller jusqu'à l'Art déco, et dans la mesure où il mêle ses motifs floraux ou animaux, non seulement, comme le fait l'Art nouveau, aux matériaux de l'industrie, mais encore à ses formes, il est permis d'y voir une subversion plus vive de l'ordre technique.

C'est aussi le rôle des passages, dont la destination commerciale et le lien matériel avec l'industrie n'épuisent pas la puissance onirique. Le Corbusier a aplati notre monde et, s'il est toujours possible de déceler dans la ville rendue çà et là à la sauvagerie d'où elle a surgi, « des endroits permettant de descendre aux Enfers », il faut reconnaître qu'ils sont de moins en moins nombreux, du moins dans sa partie habitable : les *passages* de Benjamin et Aragon se trouvaient en son cœur même.

Quand la guerre prit fin, Carné fit sortir ses *Enfants du Paradis*, hommage nostalgique au Paris, mythique encore, arpenté par les surréalistes, par Benjamin et par Zweig, violé par la Wehrmacht, terrassé enfin par la modernité – ville de ritournelles et de paroles dégelées. *Les Portes de la Nuit*, dont l'action, mêlant réalisme et fantastique, se déroule pendant la guerre même, ressuscita un peu plus tard quelque chose de l'énergie mythologique de Sue, comme s'il avait fallu battre le technicisme martial de l'Allemagne par un retour au monde d'avant la technique.

Toutes les villes semblent vouloir embrasser le même destin. De nos jours, la sohoïsation de l'espace urbain nous confisque ce que, par la spontanéité et la lente juxtaposition de ses bâtisses, il pouvait avoir d'encore obscurément charnel. L'interdiction d'abandonner les déjections canines date à New York de 1978, l'année des seconds *Profanateurs*. D'autres villes ont suivi et depuis lors, il vaut mieux tapisser leurs trottoirs – ou remplir les océans – des sacs plastiques dont on se sert pour ramasser les crottes indésirables, que de laisser son chien se soulager en paix dans le caniveau : j'imagine que tout cela est très logique.

La beauté des paysages n'est pas plus futile que celle des corps, elle est même salvatrice, autant que l'autre. « La contre-terreur, écrit Char dans les *Feuillets d'Hypnos*, c'est ce vallon que peu à peu le brouillard comble. » J'ai dit que la droite n'était pas plus conservatrice que la gauche : lorsque Trump signe un décret permettant que le splendide parc de Bears Ears, dans le Nevada, redevienne constructible – sur 85 % de sa surface –, quand Bolsonaro ravage la forêt amazonienne, ils ne font pas œuvre de conservation. Là où toute poésie a disparu du paysage, les chairs s'anémient et les esprits rétrécissent – mais, pis que cela peut-être, c'est notre lien avec le passé qui est rompu.

Il nous faut réapprendre la chair dans l'espace. Voir, comme le raconte Monica Vitti dans *Le Désert rouge*, les pierres comme de la chair – puisque de nos jours, ce sont nos corps que l'on aborde comme minéral et comme plastique. Que tout chante à nouveau. Le monde n'est pas un espace neutre, mais bien un espace de sens. Dans ce monde qui vit, les planètes sont des dieux : les forces de l'esprit peuplent le ciel. Jung a pu dire que la première des sciences jamais créées – quelque inexactes que soient ses prémisses au regard des connaissances objectives actuelles – fut l'astrologie, car l'homme projette par elle ses émotions et ses désirs sur l'univers entier : nos ancêtres ne se sont d'abord connus eux-mêmes que par cette extériorité ainsi marquée de leur tréfonds – et c'est cela qu'on appelle *monde*, cet écran sur lequel l'homme apprend à se connaître en projetant les événements de sa vie intérieure. L'habiter, c'est avoir les pieds posés sur un sol particulier, d'où ces divinités lointaines s'offrent à la vue de tous, comme elles le font depuis chaque autre parcelle.

J'ai longtemps cru – car c'est ce que l'on m'avait dit et répété – que les astres les plus brillants aperçus parfois dans un ciel qui ne m'était encore rien, Mars et Vénus, Jupiter et Saturne, Arcturus ou Sirius, n'étaient que des satellites artificiels. Comme beaucoup de mes congénères, j'ai donc grandi dans un monde qui n'en était pas un. Il importe, pour que ce mot de monde ait un sens, qu'étincellent sur ses ténèbres et les dissipent – ou se lèvent parmi les rougeurs du soir – *les feux d'Ishtar*, que cette ferveur soit encore celle de la Déesse (Ishtar ou Vénus dont la planète porte pour nous le nom) et non d'un amas indifférent de roches et de soufre. Job dit d'Orion (le « Bêta ») que ses liens sont dénoués par la force de YHWH :

> Attaches-tu les bandeaux de la Poussinière ? Et les liens du Bêta, est-ce toi qui les dénoues ?

L'univers doit nous rester un lieu de légendes. Pour ceux qui *se sentent vivre*, Orion est un géant, à tout jamais « pigmenté d'infini et de soif terrestre* ».

---

* René Char, « Évadé d'archipel », poème des *Aromates chasseurs*.

Pour une révolution de la chair

> « Jaillisse l'étincelle et rougisse la cendre !
> Nous irons à nos anciens dieux. »
>
> GOETHE, *La Fiancée de Corinthe* /
> MICHELET, *La Sorcière*

Le coronavirus possède toutes les qualités d'une allégorie.

D'un conte cruel où la nature se vengerait de ses prétendus possesseurs.

La perte des sens du goût et de l'odorat dit le deuil de notre carnalité. On meurt en suffoquant. On meurt de la nature, qui se rebiffe. On meurt seul, mais étroitement protégé : la claustration que nous nous sommes imposée résume la pusillanimité de l'époque ; la surveillance des malades annonce des extases encore inédites de contrôle technique.

Qui sait pourtant si cette épidémie ne nous fera pas renaître ?

La première pierre de la Renaissance fut posée dans la campagne florentine, alors que la Peste noire ravageait la ville. Pour Boccace et les dix héros de son *Décaméron*, il s'agissait alors de « goûter toute la joie, toute l'allégresse, tout le plaisir possibles ». L'horreur exige des vivants qu'ils trouvent, eût dit Dante, leur *cammino*, leur chemin ; mais ces dix-là, leur auteur ne les a pas voulus solitaires et ça n'est pas non plus sous la conduite de quelque guide auguste qu'il les a établis. Leur voyage, au contraire, est *charnel*, et quand Boccace évoque la *résurrection de la chair*, on sait qu'il entend bien autre chose que les théologiens.

Face aux robots, Bernanos annonçait la révolution de l'Esprit. Je n'ai murmuré dans ces pages d'amour et de colère que le rêve d'une révolution de la chair. D'une révolution, d'une révolte plutôt, au sens où Camus entendait ce terme, et même alors de la révolte par excellence, car contrairement aux révolutions, qui supposent toujours « l'absolue plasticité de la nature humaine, sa réduction possible à l'état de force historique », la révolte, elle, « est, dans l'homme, le refus d'être traité en chose et d'être réduit à la simple histoire ».

À moins qu'il ne s'agisse d'une *restauration*, comme toute révolte vraie peut-être. Tout révolutionnaire authentique est un conservateur, puisqu'il accomplit une promesse et un espoir, et pour la même raison, tout conservateur authentique est un révolutionnaire. La révolution, comme écrit Benjamin dans ses *Thèses sur le concept d'histoire*, est « saut du tigre dans le passé[34] ».

De la chair, ai-je dit, c'est-à-dire de la vie intime et interstitielle et non seulement de la vie intérieure – comme on l'appelle bien improprement du reste, puisque la vie complètement spirituelle serait, au contraire, une vie *extérieure*. De la chair, soit aussi de l'intelligence, de la pauvre *intelligence charnelle*, contre l'intelligence artificielle. Il n'est pas de plus grand besoin, à notre époque, que d'un contrepoids charnel – et spirituel parce que charnel – à l'alternative opposant machinisme et brutalité, fuite hors de la nature et primitivisme.

La sensualité, elle, n'est que temps perdu. Elle n'est pas intelligente et elle ne sert à rien : c'est *seulement* le chatoiement de la chair – soit la faculté qui nous est donnée de recevoir des impressions profondes de tout ce qui peut agir sur nos organes. En elle s'agrègent, secret de la madeleine, l'instant ancien, immémorial, et l'instant présent qui lui ressemble, l'appelle et l'*émeut* – le frivole et l'éternel. Elle mêle suavité et cruauté, bonté et égoïsme. C'est elle qui nous révèle le fantastique réel de la vie.

J'aime les étoffes, au toucher comme à l'œil, une fourrure, un velours. Avec mes arrière-grands-parents polonais, tous tailleurs ou maroquiniers, je dois avoir cela dans le sang. La pourpre et le vison du Titien, lové sur la chair pleine et nue de sa Vénus, me lancinent.

J'aime le goût duveteux de la tonka et l'âpre faconde des tripes, la caresse moite de la figue maraudée au coin d'une route, le fumé du Chasse-Spleen. J'ai grandi dans une famille où l'on cuisine, les hommes surtout, et je sens souvent que ce qui m'oppose aux « performativistes » et autres amateurs d'entités creuses pourrait se résumer à leur ignorance des plaisirs de la table, voire d'autres sensualités : j'aime les parfums, et la corruption de l'oud, la fécalité de l'ambre, la cuisson lente et prolongée de la tubéreuse me chavirent. J'aime ces odeurs de cafés un peu sales et enfumés, à Prague ou à Rome, elles me manquent chez les « civilisés ». Je visitai un jour une tannerie du Dauphiné dans l'espoir d'y découvrir quelque senteur fauve, un peu de la saloperie sublime des jours anciens : j'en sortis déçu, l'odeur des détergents se mêlait à celle des entrailles, et je songeai qu'il me faudrait voyager loin pour jouir de l'abjecte opulence dont j'avais vainement rêvé.

La mode contemporaine me charme parfois par sa fantaisie et sa liberté, mais la dissemblance actuelle du vêtement quotidien à son parent « artistique » me chagrine. La laideur des tissus et des coupes, le peu d'attrait qu'ils présentent à la vue comme au toucher me rappellent à chaque instant combien l'utile vient nous entraver le frémissement extérieur de la vie. Günther Anders signale dans *L'Obsolescence de l'homme* que nous ne vivons plus depuis longtemps à l'ère matérialiste mais à celle d'un « second platonisme » : l'objet particulier de l'industrie de masse possède un degré d'être inférieur à son *Idée*. Monde décharné, exsangue, insipide, c'est bien la matière, plutôt que l'esprit, qui lui manque. Un vêtement n'est souvent pour nous à peu près rien d'autre qu'un vêtement : pour le narrateur de la *Recherche*, un bouton de satin, une soutache avaient au contraire l'air « de déceler une intention, d'être un gage de tendresse, de retenir une confidence, de répondre à une superstition, de garder le souvenir d'une guérison, d'un vœu, d'un amour ou d'une philippine » quand tel velours bleu ou tel renflement « en insinuant sous la vie présente comme une réminiscence indiscernable du passé, mêlaient à la personne de Mme Swann le charme de certaines héroïnes historiques ou romanesques ».

Me reviennent ces mots du *Jour de la Comtesse*, de David Shahar, au sujet des derniers jours de l'empire ottoman et de la profuse lasciveté d'alors : « En ce temps-là chaque chose avait un goût, une odeur, une couleur, une réalité tangible. » La moelle, les nerfs de la création ne palpitent que si le passé persiste à les animer. Autrement, le plastique et la communication font tout le travail. Aujourd'hui, même les chiffres imprimés sont jugés trop matériels encore : jusqu'à quel degré d'effacement de notre chair, de notre matérialité veut-on descendre ? Nos murs ne sont-ils pas assez blancs, nos appartements assez vides, assez glacial notre air conditionné ?

Or dans ce monde de plastique et d'acier, d'immeubles en verre et d'étoffes – de viande bientôt – synthétiques, l'Éros, avec toute sa violence, a encore son mot à dire.

L'Éros qui charme et qui dégoûte, qui effare et qui ravit. « Cela ne vous répugne pas, de me donner à boire ? » demande la Bête. « Non, cela me plaît », lui répond la Belle.

Joseph K. faisait l'amour au milieu des dossiers effondrés de son procès : à la fin, il n'en est pas moins exécuté, « comme un chien », mais il aura tout de même un peu battu *la honte* en brèche. À sa manière, il sera entré dans la Loi, la marque du charnel au front. Le parfum amer et brûlant de Leni, cette « sorte d'odeur de poivre » et sa morsure qui le stupéfient, sa difformité qui l'excite et l'attendrit, ont un instant réussi à jouer l'effrayante banalité de la persécution, l'abominable régularité technique dont il est victime.

Sensualité et fangeuse et céleste, *sensualité au-delà des sens*, la jouissance sexuelle, si le courage de s'avouer chair, de s'avouer sang, n'est pas perdu, peut encore nous vivifier. Le temps est à ressusciter les rites, à faire dire de nouveau à l'art son approbation de la vie jusque dans la mort. J'ai, pour moi, plein d'espoir encore.

Notre félicité s'écoule entre soixante cercueils incessamment renouvelés. Pour les Anciens, le sacré se confondait souvent avec l'obscène, d'où l'honneur que ces hommes, les Étrusques par exemple en leurs tombeaux colorés mais profonds comme des divans, savaient rendre à la mort, berceau de la vie et du renouvellement : combat livré par l'amour contre l'effacement, évocation par le rut présent des ruts qui se sont tus et des ruts à venir.

> Fais de moi talisman sur ton cœur, talisman sur ton bras, car fort comme la mort est amour, poignante comme Schéol est passion ; étincelles de feu, foudre de Yah !

À retrouver, l'ivresse, car la civilisation n'est point raison ou clairvoyance : elle est enthousiasme. Parce qu'il relie l'instant présent au passé, le vin est résurrection. Et le corps électrique, souffrant avec délice ; les effluves mats de l'homme ; le fumet marin de la femme ; la poussière, surtout, et la sueur d'un voyage sans téléphone ; la grâce de la soie, la lasciveté du velours et la fraîcheur du lin, l'acrimonie du cuir.

*

La mièvrerie n'est ni la cause de la montée de la barbarie, ni la réponse que les bons lui apporteraient ; il y a en revanche une cause commune aux deux, et qui réside dans l'oubli de la chair. De plus, c'est toujours en barbarie que finit la mièvrerie. Le camp de concentration est la solution finale d'une idéologie mièvre en son essence. Le clonage, espérance manquée du nazisme et horizon du transhumanisme, est mièvrerie s'achevant en barbarie. La machine à manger des *Temps modernes* est barbarie, mais barbarie mièvre. Ces pages sont la banane que Paulette Goddard découpe et jette, pieds nus et les joues couvertes de suie, aux sauvageons du port.

« La vie humaine », écrivait Breton au lendemain de la guerre, dans *Arcane 17*, « est à repassionner ». Il s'agissait de faire pièce à la sauvagerie comme au mièvre ennui, à la platitude émasculante comme « au courroux immémorial de démons qui s'appellent pétrole et salpêtre ». Entendons l'appel du poète.

J'ai dit que le judaïsme était la religion de la chair. Lyrisme et cruauté de la matière, chez Soutine… À la fin de *La Tache*, c'est par la musique d'un Juif, la *Troisième Symphonie* de Mahler, que se donne libre cours toute l'énergie dionysiaque rentrée, bridée, de la prude Amérique. Dans ce finale où l'amour semble nous envelopper comme « l'air où se meurt la clarté, quand déjà le croissant de lune, vert entre des rougeurs de pourpre* » luit, on croit entendre la renaissance du Tammouz que célébraient en chœur les femmes de Jérusalem. L'orgie élégiaque de cette symphonie – son odeur automnale de terre détrempée, ses points

* Nietzsche, *La Naissance de la tragédie*, traduction de Jean Marnold.

lumineux comme l'amas des Pléiades avant l'aube, son adagio *malade de clarté* – sont, pour moi, autant qu'un retour à la ferveur païenne, le présent de la chair juive aux oreilles de l'Occident.

Le Juif est chair – *Rute und Hode*, « verge et gonade », comme dit Celan. Voilà pourquoi la femme juive elle-même ne fait pas que donner la vie ou se préoccuper de ses plaisirs : c'est une guerrière aussi, une déesse de sang. Et la chair juive sait la vie immortelle et le péché rédempteur : c'est du crime de David que viendra le Messie, comme en sont d'abord venus ses psaumes – *and from your lips she drew the Hallelujah.*

La croyance en la résurrection des morts, plus charnelle que spirituelle, dit tout l'amour, terrible, de la civilisation hébraïque pour la vie. Pour ma part, je suis et resterai un Terrien. Non que je récuse l'âme et sa survivance : si l'atome matériel survit, l'atome spirituel, dans la mesure même où il lui est corrélé – voire identique –, doit survivre aussi. C'est là une chose que, confusément, nous sentons tous. Mais je ne veux *pour l'instant* que de cette vie, de cette vie-ci, de cette planète-ci, et je veux y déployer dans tous les sens les possibilités, essentiellement religieuses – au sens le plus large de ce mot, et qui enveloppe bien sûr l'art – de ma chair. Les fins dernières me préoccupent moins que le passage, de siècle en siècle, de l'appel antique : je parle de très loin, d'il y a très longtemps, si j'ose dire, et c'est tout ce qui importe, c'est tout ce qui devrait importer à ma génération qui doit, je le crois, retrouver l'âpre goût des jours anciens.

En somme et pour finir, j'ai cru devoir dire qu'en ces temps où la politique malmène tant la chair, ces temps aussi où la cruauté la déshonore, la spiritualité, la carnalité plutôt, dont je suis fils, pouvait contribuer, sang contre plastique, à la résurrection, sinon des morts, tout au moins des vivants.

REMERCIEMENTS

J'aimerais ici remercier tous ceux qui m'ont aidé, par leur lecture amicale et intelligente, à écrire ce livre. Tsilla Kogel, ma femme, elle qui m'a patiemment et fermement conseillé, qui m'a encouragé et m'a rabroué quand il le fallait – et dont j'ai presque à chaque fois suivi les recommandations –, qui m'a permis par son dévouement de mener cette tâche (et quelques autres en même temps) à bien ; en outre, nombre d'intuitions, d'idées et de sentiments que j'ai pu exprimer ici, lui doivent de l'avoir été convenablement. Les critiques circonstanciées et les remarques de quatre amis, Macha Fogel, Sophie Bigot-Goldblum, Paul Audi, Emmanuel Kattan, Glenn Novarr, qui m'ont permis d'accoucher d'une œuvre dont je n'ai pas honte, doivent aussi être mentionnées. Il y a ensuite les conversations, si instructives, et fécondes, que j'ai pu avoir au moment où j'écrivais ce *Procès de la chair*. Je veux donc, pour leur intelligence, leur bienveillance et l'aide qu'ils m'ont apportée d'une manière ou d'une autre, remercier Noémie Benchimol, Benjamin Olivennes, Stéphane Bou, Noé Debré, Tamar Gomez, Mira Neshama Niculescu, Anastasia Colosimo, Raphaël Noiray,

Adolfo Profumo, Tirza Leibowitz, Isi Veleris, Amy Guttman, Ronald Guttman, Benjamin Sarfati, Dmitry Trakovsky, Paloma Veinstein, Yehudah Cohn, Robert Goldfarb, André Kahn, Shimon Mercer-Wood, Deborah Kaufmann, Avishag Zafrani, Raphaël Benamouzig, Dan Goldblum, David Schaum, David Adler, Daphne Bareket, Daniel Marans, Erik Wohlfarth, Cecilia Davis-Hayes, Romain Zamour, Bernard Schalscha, François Margolin, Bernard-Henri Lévy, Noam Lockshin, Daniel Solomon, David Amselem, Sacha Job, Jeremy Aïache, Léonard Sellam, Valérie Monchi, Quentin Jeantet, Mathilde Berger-Perrin, Susan Torn, Edmond Torn, Robert April, Emmanuel Bloch, Joseph Cedar, Antoine Strobel-Dahan, Joachim Nahum, Clément Birnbaum, Foster Salpeter, Astrid Walker-Stewart, Antonella Dec-Prat, Jacob Stanhope, Conner Barron, Éléonore Jander, Jean-François Colosimo, Frédéric Munier, Aviad Bodner, Arnold Franklin, Galit Mizrahi, Jacques Ehrenfreund, Mark Lilla, Thomas Pavel, Moshe Halbertal, Leon Wieseltier, Camille Paglia. Une pensée toute particulière va à Juliette Joste et Simon Labrosse pour leur bonté, la confiance qu'ils m'ont accordée et la sagesse de leurs conseils. Inutile de dire ce que je dois à mes parents, à mes grands-parents et au reste de ma famille. J'aimerais joindre à tous ces noms celui de Daniel Banda, qui m'initia à la philosophie en classe de terminale et dont le savoir, la haute conscience juive et l'amour du cinéma habitent ces pages. Je les referme en songeant également à ces autres maîtres de mes années de collège et de lycée, par l'enseignement desquels je crois pouvoir rester jeune à tout jamais – Messieurs Martin, Ollivier et Maure, ainsi que Claude Richebourg et Frédéric Munier.

NOTES

1. Pour outrée, scandaleuse ou naïve que nous paraisse sa mystique du bourreau, Joseph de Maistre a raison de voir dans le châtiment le pilier de toute société humaine. « Autrefois du moins, écrit Victor Hugo dans sa préface de 1832 au *Dernier jour d'un condamné*, quelque foi circulait dans le peuple ; au moment suprême, le souffle religieux qui était dans l'air pouvait amollir le plus endurci ; un patient était dans le même temps un pénitent ; la religion lui ouvrait un monde au moment où la société lui en fermait un autre ; toute âme avait conscience de Dieu ; l'échafaud n'était qu'une frontière du ciel. » Il ajoute, jouant en fait Maistre contre lui-même, que « c'est une horrible chose de conserver le bourreau après avoir ôté le confesseur ». Notons que Sue a les mêmes considérations vers la fin des *Mystères de Paris*, où il oppose la peine de mort espagnole, véritable « sacrifice humain », au cynisme de la guillotine… En somme, le *Dernier jour* ne rejette pas catégoriquement la « sainteté » de la peine de mort : bien plus profonde que l'humanitarisme radieux qu'on a voulu y voir, ce texte a plutôt surgi du *deuil* de cette sainteté.

2. Tels sont les accents bouleversants de Tristan et Isolde : « Descends, nuit de l'amour… » L'étreinte de Célestine et du jeune tuberculeux, dans *Le Journal d'une femme de chambre*, portant témoignage de ce que peut l'amour lorsqu'il est distillé

jusqu'à la quintessence : « Et j'avalai le crachat, avec une avidité meurtrière, comme j'eusse fait d'un cordial de vie... » Dracula et Mina Harker se suçant mutuellement le sang sont le symbole achevé de l'amour fusionnel criminel – la version archétypale du couple de Mirbeau.

3. Job : « Connais-tu les temps où enfantent les chamois des roches ?... Tireras-tu le Léviathan au hameçon ?... » Et les *sources de l'abîme*, là d'où la terre surgit, parée comme d'une étoffe, sont les *portes de la mort*.

4. Je n'use qu'avec regret de cette expression qui, transcrivant mal l'anglais, confine au solécisme en français. C'est, de plus, un cliché, dont le présent livre prétend offrir une manière de dépassement. *Appropriate*, convenable, sont des adjectifs bien plus pertinents.

5. Une autre satire du robotisme réalisée un an avant par l'Anglais Bryan Forbes et inspirée d'un roman d'Ira Levin, *The Stepford Wives*, permet peut-être de mieux comprendre ce qui se joue dans ces seconds *Profanateurs*. Je vois *The Stepford Wives* comme une étape intermédiaire entre le film de Kaufman et celui de Siegel. Un couple de New-Yorkais s'installe dans une banlieue paisible dont l'ennui dissimule une mièvre horreur : les voisines insipides sont des androïdes, programmées pour tenir leur intérieur à la perfection, obéir à leurs maris au doigt et à l'œil, ressembler en tout à des vignettes publicitaires. *The Stepford Wives* dénonce la sujétion des femmes en même temps, déjà, que la pétrification d'un certain féminisme en conformisme WASP – ce que l'on pourrait décrire, après l'été 69, comme la revanche des années 50.

6. « Rome n'a été vraiment Rome, c'est-à-dire la ville immense, la ville du genre humain, écrit Michelet en 1841, dans son journal, que lorsque, ouvrant la cité au monde, elle a paru être moins Rome. »

7. Diana Rigg, dans *Chapeau melon et bottes de cuir*, l'un des avatars modernes de Bradamante, possède le comble de

la féminité parce qu'elle exalte la beauté de son sexe par une sévère martialité. J'emprunte beaucoup de ces considérations à l'article de Camille Paglia, « The Stiletto Heel », dans *Free Women, Free Men*.

8. La Kabbale a inspiré les comportements les plus hérétiques, de Sabbataï Tsvi à Jacob Frank, comme les plus orthodoxes. Au sein même de l'orthodoxie, elle peut animer une conscience droite ou perverse, noble ou barbare. L'universalisme inspiré d'Elie Benamozegh et celui de Menahem Froman, rabbin de Tekoa récemment décédé, furent kabbalistiques, comme l'est l'enseignement sanguinaire d'Isaac Ginzburg. Scholem était kabbaliste, anarchiste et rétif au joug rabbinique ; d'autres, lisant les mêmes textes, prônent l'édification d'une théocratie en Israël. C'est le problème de toute gnose, dès lors qu'on veut la ramener sur terre. La théorie sexuelle de la Kabbale ou son relativisme moral, religieux et national ne sauraient l'être avec moins de précautions que, par exemple, certains aspects apparemment racistes du Zohar ou du *Tanya*. Il est d'ailleurs amusant de voir des kabbalistes « de gauche » ne s'intéresser qu'à *immanentiser* les premiers – surtout aux États-Unis –, quand les kabbalistes « de droite » ne voient que les seconds et s'en félicitent.

9. « *Puberty can be confusing or difficult for a child who is transgender, genderqueer, nonbinary or questioning their gender. Puberty blockers, also called hormone blockers, help delay unwanted physical changes that don't match someone's gender identity.* »

10. Voir par exemple « How Young Is Too Young : Ethical Concerns in Genital Surgery of the Transgender MTF Adolescent », l'étude de Christine Milrod parue dans en 2014 dans *The Journal of Sexual Medicine*.

11. J'ignore ce que Goethe devait à Mary Shelley. La vision du premier est celle de la conception asexuée, mais c'est à la seconde que l'on doit l'image la plus accomplie de la science en délire.

12. La source sacerdotale (P). Il est assez clair que le Deutéronome (D), plus tardif, est hostile, au moins en théorie, à l'esclavage. En interdisant qu'on ramène un esclave en fuite à son maître – ce qui contredit mot pour mot le Code d'Hammourabi et ruine le droit du maître – ou qu'on asservisse la captive de guerre (autorisée à « pleurer ses parents », protégée contre le viol du vainqueur qui ne peut la vendre s'il l'a épousée), il semble avoir même entamé une sorte d'abolition graduelle, sinon de rupture pure et simple. Il est à noter que même P, dans le Lévitique, interdit au maître, probablement sous peine de mort, de tuer son esclave : il y a là déjà, plus qu'un progrès, un changement de paradigme par rapport aux lois de l'Orient ancien. Reste que la loi juive admet l'esclavage et que des Juifs ont pu participer en petit nombre au commerce des esclaves ou à leur exploitation jusqu'à une période assez récente : marchands radhanites au xᵉ siècle, armateurs sépharades lors des traites négrières, voire planteurs (plus rarement) en Guyane hollandaise, aux États-Unis, dans les Antilles françaises avant le Code noir... Ces formes d'esclavage n'étaient souvent guère plus conformes à ce que stipule la Torah, qu'à l'humanité qu'on eût attendue de chrétiens : Paul demande aux esclaves d'obéir à leurs maîtres, mais il n'encourage pas ces derniers à mutiler ceux qui les servent ou à les violer !

13. En fait, cette idée fustigée par Mailer, et que l'on pourrait appeler la *fin du tragique*, est déjà formulée chez les prophètes : Jérémie et Ézéchiel annoncent un temps où l'on ne dira plus que les dents des fils seront agacées « par le verjus qu'ont bu les pères ». Mais à cela, les rabbins répondent – dans la Haggadah, le rituel de la Pâque : si ton fils, prenant peut-être trop au sérieux cette promesse d'émancipation, en vient à regarder ses ancêtres et leurs traditions avec dédain, *agace-lui toi-même les dents*.

14. L'éducation en commun du kibboutz repose au moins sur un socle communautaire et charnel, plutôt que

bureaucratique et technique : à ce titre, on ne saurait la qualifier de totalitaire. En ce qu'elle porte atteinte à la famille organique, elle me semble néanmoins condamnable.

15. Ici j'invite mon lecteur à lire le remarquable *Revelation and Authority* de Benjamin Sommer (2015). Derrida a méconnu l'intrinsèque oralité du judaïsme. Malheureusement, toute une réflexion inspirée par ce trait de sa pensée peine à se dépêtrer d'un contresens finalement assez étrange (eu égard à sa clairvoyance à d'autres égards). Il y a bien des tendances littéralistes dans le judaïsme, le sadducéisme en fut une et elle resurgit en quelque sorte de siècle en siècle, par exemple dans les courants ultra-orthodoxes de nos jours. Mais dans le christianisme aussi, et la confusion de la chair et de la lettre y rend ces tendances plus dangereuses encore.

16. Il faut lire à ce sujet *Anti-Judaism*, de David Nirenberg. On y comprend tout ce que l'Occident doit à cette « manière de penser ».

17. La série *Our Boys* en raconte la persistance. La *hantise*. De son côté, *Fauda* a connu un immense succès en montrant qu'avec l'absorption des Juifs dans leur environnement sémite, une sensualité sanglante les avait gagnés : à la douceur du café cuit sur la braise et parfumé de cardamome, à la raucité suave de l'oud andalou, répondaient le délice des tortures et le cycle infini des vengeances tribales. Que les personnages d'*Our Boys*, des Sépharades privés de racines et élevés dans la claustration de la yeshiva, ne s'imaginent en aucun cas partager avec leurs voisins un quelconque éthos sémitique, ne change rien à l'affaire : comme ceux de *Fauda*, il s'agit de Juifs à nouveau conquis par la violence de cette terre, par la cruauté refoulée de leur sang, dévorés par l'ardeur bridée des sens… Que ce soit dans l'exaltation des vertus sportives et de la liberté sexuelle, la fondation de Betsalel ou le renouveau de la poésie hébraïque, le sionisme avait fait du retour à la terre une restauration aussi bien esthétique que charnelle : l'orthodoxisation d'Israël est la

défaite politique, morale et spirituelle du sionisme, mais peut-être surtout sa défaite esthétique. L'appartement d'*Our Boys*, avec ses murs à peine ornés de quelque lugubre bondieuserie et son mobilier ignoble, désigne à lui seul cette momification. Et quand Yosef-Haïm, l'assassin, chantonne langoureusement quelques paroles du Cantique des Cantiques, ça n'est plus même Pinḥas qu'il évoque en sa fureur, c'est le charme érotique et si profondément *terrien* du plus beau des chants bibliques. Une sensualité orientale. Ironie doublement tragique, car c'est alors le substrat sémitique, c'est la chair méditerranéenne d'aïeux trop sanctifiés pour n'être pas trahis, qui s'exhale de la judéité *confinée* du meurtrier.

18. La Bible fournit en fait deux récits contradictoires. Dans l'Exode, c'est une femme, Zéphora, qui initie le rite de la circoncision, et non Abraham. Elle retranche elle-même le prépuce du fils qu'elle a eu de Moïse et qu'elle appelle son « fiancé de sang » – à moins que ce ne soit Moïse qu'elle baptise ainsi, ou Dieu lui-même, qui leur est apparu sous la forme d'un homme l'instant d'avant... Telle est la version jéhoviste de ce rite, version qui s'accorde avec le ton habituellement « féministe » de J. Même ici, cependant, le baptême de sang est coupure et séparation, seconde naissance – naissance magique donc. J'ai appris en lisant Alessandro Piperno que les Juifs de Rome parlaient de *chiusi* pour désigner leurs voisins chrétiens : les « fermés ».

19. On peut lire un bref compte-rendu de cette affaire sur différents sites, dont celui d'ABC News (« *5-Year-Old With Autism Reportedly Punished For Hugging His Classmate, Family Says* »). Cet enfant de cinq ans était accusé d'avoir attenté à l'espace de liberté et de consentement de sa camarade en l'embrassant sur la joue (« *overstepping boundaries* »). L'école nie l'avoir puni, affirmant n'avoir voulu qu'aider la famille à faire grandir ce petit délinquant.

20. Abnousse Shalmani, dans *Khomeiny, Sade et moi*, a évoqué, répondant en quelque sorte par avance à Chollet, la

puissance invaincue des oubliées de l'intersectionnalité : courtisanes de la Belle Époque ou libertines de l'Ancien Régime, femmes perses ou arabes révoltées, toutes de chair. C'est ce livre que nos féministes devraient lire, peut-être les soignerait-il de leur constructionnisme d'anémiques. À chacun, d'ailleurs, son « Orient » : j'ajouterais, moi, ce mot que Kateb Yacine prête à la Kahina, sorcière et guerrière, anticolonialiste avant la lettre – puisque le Maghreb fut colonisé par les Arabes avant de l'être par les Français. « Ils s'étonnent de vous voir dirigés par une femme, dit-elle. C'est qu'ils sont des marchands d'esclaves. Ils voilent leurs femmes pour mieux les vendre. » La condescendance, exprimée par Chollet et d'autres, à l'égard des femmes « subalternes » ramenées à une détermination sociologique ou raciale, vaut en fait bannissement de la sensualité, de la carnalité sémitique, berbère, perse – et, par là, la nôtre même, celle des troubadours par exemple, qui apprirent tant des Arabes – qu'elle égorge et saigne à blanc : si d'un côté la pudeur est aussi bien européenne que musulmane, la lasciveté et l'obscène, ce que Gide appelle, empruntant ce mot au Coran, les « nourritures terrestres », n'ont, de l'autre, jamais fait défaut à la civilisation des *Mille et Une Nuits* : « Et je songe à toi, petit café de Shiraz, café que célébrait Hafiz ; Hafiz, ivre du vin de l'échanson et d'amour… » L'Islam sans le voile est sœur de notre Antiquité : Gide ne s'y est pas trompé, ni plus que Nerval ou Delacroix avant lui. Dans *Le Peuple*, Michelet décrivait « nos races du midi » comme africaines, de sorte que l'Afrique qu'il reconnaissait chez ses amis méridionaux pouvait rendre, disait-il, à la France le service de se mieux connaître elle-même. Il nous serait loisible, à l'âge de la neutralité américaine et chinoise, de plonger à nouveau dans le fleuve de sang et d'alcool (le mot est arabe) des peuples d'Islam, et y régénérer nos sens défraîchis. Mais pour cela, il faudrait que la doctrine étroitement religieuse fasse place à la civilisation.

21. Les Juifs sont les prêtres du monde. Le sacré voisine toujours avec le luxe (« Et qu'Elohim te gratifie de la rosée des cieux et des sucs de la terre, d'un flot de moissons et de vendanges ! »), comme avec l'impureté : au XIXe siècle, on croit encore qu'héberger un prêtre chez soi peut porter malheur. La prostitution est sacrée (Danaé). L'argent a valeur sacrificielle. Le prêtre sacrifie et il est sacrifié.

22. Comme beaucoup de « philosémites », qu'ils soient de droite ou de gauche, Muray écrit après deux siècles de critique biblique comme si cette discipline n'existait pas – et après Scholem comme s'il ne l'avait jamais lu. Ses Juifs sont de sages primitifs sans théologie ni mystique, dont la qualité insigne mais unique serait d'être en contact direct avec les Écritures comme les bons sauvages du XVIIIe siècle l'étaient avec la nature. Faire de la croyance en la réincarnation une sorte d'antisémitisme métaphysique (comme le suggère *Le XIXe siècle à travers les âges*), c'est insulter la Kabbale pour laquelle cette croyance est absolument centrale. Accessoirement, il aurait suffi à Muray pour le savoir, de lire Isaac Bashevis Singer, plus accessible que Scholem, mais si la littérature religieuse juive ne semble pas l'avoir intéressé – au-delà de la Bible –, un romancier juif et mystique doit lui avoir semblé une bizarrerie.

23. Ce Juif algérien fier de son assimilation si réussie, qui se rêve président, lorsqu'il déclara l'autorité et la féminité incompatibles, eût dû plutôt relire les Juges – et peut-être s'aviser de ce que Jeanne d'Arc, Elisabeth Ire, Catherine de Médicis ou Catherine II n'étaient pas des hommes.

24. On a rendu justice aux folles intuitions de Raphael Patai. L'archéologue William Dever l'a fait explicitement dans *Did God Have a Wife ?* L'ouvrage de Peter Schäfer, *Mirror of His Beauty*, est également à lire. L'influence mutuelle du thème marial et de celui de la Schekhinah y est démontrée, en particulier dans la Provence du XIIe siècle, où fut écrit le Bahir, livre de Kabbale attribuant une importance sans précédent à la

parèdre de Dieu. On savait au moins depuis la découverte de Kuntillet Ajrud en 1975, voire celle des manuscrits d'Éléphantine à la fin du XIXe siècle, que le Dieu de la Bible avait longtemps gardé cette compagne à ses côtés. Une fois banni, son culte se perpétua, souterrain, chez les femmes et les hommes d'Israël. Il est à noter que lorsque le prophète Élie massacre les prophètes de Baal, il épargne ceux d'Aschérah (I Rois, 18). Le texte porte la trace involontaire de ce que, pour les anciens Israélites, cette dernière était ainsi (re)devenue l'épouse de YHWH. La plupart du temps, il semble à lire entre les lignes des Écritures elles-mêmes, que c'est en haut de collines, dans des bosquets luxuriants qu'elle était adorée comme déesse de la nature. On la savait en outre représentée sur divers talismans, trônant sur un lion, tenant en ses mains deux ibex, les reins ceints de serpents et les seins proéminents, mais il est revenu à une archéologue amateure, Ruth Hestrin, d'identifier plus précisément, grâce à des jarres décorées, ce qu'était le « bosquet sacré » dont parlent le Deutéronome et les Prophètes : à l'aurore de l'histoire d'Israël, il ne s'agissait encore de rien d'autre que d'une vulve, plus ou moins stylisée, dont on peut voir littéralement sortir une figuration de l'Arbre de Vie. Ce triangle fertile est encore consommé de nos jours pendant la fête de Pourim, sous la forme des *homentashn* de la tradition ashkénaze, au pavot ou à la prune – de même que la main de Fatima ou *hamza*, arborée par les Juifs sépharades comme par les Arabes, était déjà associée au VIIIe siècle avant notre ère, à Aschérah.

25. Scholem fait allusion à cette « audacieuse suggestion » au début de sa biographie de Sabbataï Tsvi et dans plusieurs autres textes : pour le kabbaliste radical Joseph Ibn Taboul, dont il avait lu les textes à peu près inaccessibles et qui le fascinèrent, tout le processus de la création était un genre de catharsis divine.

26. L'*Apologie de Raymond Sebond* comporte par exemple une très longue défense de l'animal, où Montaigne semble répondre d'avance à Descartes.

27. Temple Grandin, la meilleure spécialiste de la souffrance animale au monde, a par exemple relevé qu'une vache ainsi égorgée ne se débattait pas, laissant supposer qu'elle ne savait pas qu'on la tuait. Les aménagements qu'elle a recommandés ne concernent pas les lois elles-mêmes mais la manière industrielle dont elles sont parfois mises en pratique de nos jours. De nombreux Juifs religieux s'accorderaient avec elle sur ce point, l'esprit de la *scheḥitah* étant incompatible avec l'abattage à la chaîne.

28. Les nazis n'aimaient pas la chair et, au fond, ils n'*administraient* la mort que pour mieux la fuir, ne se donnant eux-mêmes en sacrifice que dans l'espoir de voir surgir des cendres un monde rendu à lui-même, lavé de toute souillure, où le sacrifice deviendrait inutile parce que le mal aurait disparu. « Ceux qu'on condamne au supplice, dit La Rochefoucauld, affectent quelquefois une constance et un mépris de la mort qui n'est en effet que la crainte de l'envisager. De sorte qu'on peut dire que cette constance et ce mépris sont à leur esprit ce que le bandeau est à leurs yeux. » Dans la partie industrielle de la Catastrophe, cela fut même vrai de la mort donnée, et non seulement de celle qu'ils se disaient prêts à recevoir – et qu'ils fuirent du reste comme des rats quand le destin et les hommes les confrontèrent à leurs crimes : on se souvient que certains témoins de *Shoah* racontent avec complaisance comment la chambre à gaz leur permettait de ne pas voir directement l'horreur. Je ne sais ce qui, de leurs atrocités elles-mêmes ou de cette pusillanimité, encourt le plus la haine que tout homme, aujourd'hui et pour les siècles à venir, est en droit de porter aux maudits du Reich : les conquistadores étaient des porcs (et encore, c'est insulter ces braves bêtes que de les leur comparer ainsi), mais eux au moins affrontèrent le risque auquel tout assassin, tout porc de

bonne foi sait qu'il n'échappe pas, à savoir celui de se laisser hanter de temps à autre par le *visage* de ses victimes. Quant au libertinisme sexuel de certains nazis, il n'avait lui-même aucune part à l'érotisme dionysiaque dont ils se croyaient pourtant, les imbéciles, de modernes continuateurs : comment en aurait-il été autrement, comment des hommes détestant la saleté et craignant le chaos, n'aimant du corps que la perfection mécanique qu'ils se persuadaient d'y voir, des hommes surtout, marchant au pas de l'oie sous les ordres du « plus froid des monstres froids », sous-machines de la grande Machine totalitaire, comment de tels mièvres eussent-ils pu comprendre quoi que ce fût de la magie d'Éros ? La dilection nazie pour la nudité est trompeuse, non seulement parce qu'elle peut être vue comme une pure stratégie de dissimulation esthétique (dissimulation des corps décharnés d'Auschwitz, des boucheries d'Europe orientale ou d'Oradour sous un kitsch de parade), mais encore, et ces choses sont liées, parce que cette nudité-là n'est ni d'Aphrodite ni de Dionysos, qu'elle ne possède ni la réserve de l'une, ni l'excès de l'autre. Si enfin l'on ne saurait réduire le nazisme à un primitivisme antimoderne, il convient de montrer que son technicisme même s'enracine dans une conception résolument mièvre de la chair, conception que manifeste à merveille la loi qui prohiba la *scheḥitah* au nom « du combat contre le mal et pour le bien » et de « l'amour bien connu que les Allemands vouent aux animaux ».

29. Parmi une multitude de reportages, on pourra consulter cet article atroce. Il s'agit ici de porcs. https://www.l214.com/communications/20210505-enquete-abattoir-briec-mousquetaires

30. Marcuse et Heidegger s'accordent : la technologie est devenue, à en croire le premier, le grand véhicule de la réification, de l'homme comme de la nature – de la réduction du monde à une dimension unique, égalité totalitaire et sans *dehors*, réalité où s'épuise la culture, bannissement du sublime.

De là qu'on puisse traiter l'homme lui-même comme matière première, comme on a commencé à le faire à Auschwitz.

31. Le mythe du satyre peut être en effet inspiré de ces bêtes. Plusieurs auteurs de l'Antiquité semblent avoir pris pour des hommes sauvages telle tribu de chimpanzés ou de gorilles. (Ce dernier mot désigne à l'origine une peuplade inconnue et très archaïque de l'Afrique : s'agissait-il d'hommes ou, déjà, de singes ?) Le genre auquel appartiennent chimpanzés et bonobos s'appelle *Pan* – en référence explicite au grand satyre, le dieu cornu et hirsute de la nature.

32. Il n'est pas de droits sans responsabilités réciproques, sans devoirs. Certains disent même que les devoirs (fussent-ils seulement en puissance, comme chez l'enfant) précèdent ontologiquement les droits. Mais surtout il n'est de droit sans *communauté de chair*, c'est-à-dire au fond, sans communauté procréative. Le reste, langage, raison, importe moins qu'on a pu le dire, les droits humains fondamentaux s'appliquant à tout individu, quelles que soient ses capacités mentales.

33. Son compatriote Marco Ferreri propose, dans *Touche pas à la femme blanche !*, une audacieuse comparaison avec le prolétariat urbain, évincé de Paris avec les vieilles Halles, et les Sioux.

34. « Tous, à coup sûr, étaient émus quand, sur la créature dévouée, humiliée, qui se donnait, on faisait la prière, et l'offrande pour la récolte. On présentait du blé à l'*Esprit de la terre* qui fait pousser le blé. Des oiseaux envolés (du sein de la Femme sans doute) portaient au *Dieu de liberté* le soupir et le vœu des serfs. Que demandaient-ils ? Que nous autres, leurs descendants lointains, nous fussions affranchis » (Jules Michelet, *La Sorcière*). La bonne révolution est celle qui exaucerait les vœux des ancêtres opprimés.

TABLE

Cet ouvrage a été imprimé dans les ateliers de
Grafica Veneta S.p.A. à Trebaseleghe
pour le compte des éditions Grasset
en décembre 2021

Mise en pages PCA

PAPIER À BASE DE FIBRES CERTIFIÉES

Grasset s'engage pour l'environnement en réduisant l'empreinte carbone de ses livres. Celle de cet exemplaire est de :
850 g éq. CO_2
Rendez-vous sur www.grasset-durable.fr

N° d'édition : 22277
Dépôt légal : janvier 2022
Imprimé en Italie